衣锦夜行

廖伟棠 著

北京大学出版社

图书在版编目（CIP）数据

衣锦夜行／廖伟棠著．—北京：北京大学出版社，2011.7

（沙发图书馆·人间世）

ISBN 978-7-301-19044-9

Ⅰ．①衣⋯　Ⅱ．①廖⋯　Ⅲ．①中国文学：当代文学－作品综合集

②摄影集－中国－现代　Ⅳ．① I217.2 ② J421

中国版本图书馆 CIP 数据核字（2011）第 115487 号

书　　　　名：	衣锦夜行
著作责任者：	廖伟棠　著
摄　　　影：	廖伟棠
责 任 编 辑：	张文礼
装 帧 设 计：	纸皮儿工作室·郭瑞
内 文 设 计：	麦　子
标 准 书 号：	ISBN 978-7-301-19044-9/Ⅰ·2355
出 版 发 行：	北京大学出版社
地　　　　址：	北京市海淀区成府路 205 号　100871
网　　　　址：	http://www.pup.cn　电子邮箱：maizidushu@gmail.com
电　　　　话：	邮购部 62752015　发行部 62750672
	出版部 62754962　编辑部 62756467
经 销 者：	新华书店
印 刷 者：	北京大学印刷厂
开　　　　本：	890mm×1240mm　32 开本　7.5 印张　120 千字
版　　　　次：	2011 年 7 月第 1 版　2011 年 9 月第 2 次印刷
定　　　　价：	26.00 元

未经许可，不得以任何方式复制或抄袭本书之部分或全部内容。
版权所有，侵权必究
举报电话：010-62752024　电子邮箱：fd@pup.pku.edu.cn

目　次

3　　序　何必见戴　　梁文道

9　　自序　青春到处便为乡

第一部分　从巴黎到北京

17　　巴黎摄魂记

25　　l'Aqueduc街十三号阁楼

31　　巴黎无题剧照集

45　　一年的最后一天

49　　拉卜楞声色断片

60　　爱丁堡，一场没有结局的戏剧

66　　达摩山下，写给达摩流浪者们

75　　越南，隐秘与魔幻的旅程

90　　在哈尔滨过年

97　　夜四环之声

101　　占领蒙克

107	五月之王
110	二道桥的一个下午
113	西行绝句
122	安静地歌唱九十年代
126	寄梦中的阿兰·罗伯—格里耶
130	这一年春天的雷暴不会将我们轻轻放过
140	北京,春天的醉歌行
150	故都夜话

第二部分　从那不勒斯到安达露西亚

159	那不勒斯,一只黑犬
169	光泽,无意慰人
179	他们谈论东方时谈论的是什么
184	罗马的无题剧照
190	意大利诗抄(九首)
207	巴塞罗那变形记
218	鞍囊里还有青果
225	安达露西亚谣曲集(五首)

236	跋　影的告别

序
何必见戴

梁文道

能不能这样说，有一种旅游文学根本用不着作者真正去旅行，因为早在启程之前，他就已经想好要写什么了。例如廖伟棠的《衣锦夜行》。

听起来这像是个侮辱，似乎廖伟棠穷数年之力四处旅行、拍摄和笔记的工夫全都白费了。不，这不是我的意思。且拿朝圣模拟，任何一个朝圣者都不可能两手空空地上路，相反地，他一开始就满载了一大套的信念。他深知此行不能被动，而是要主动去寻求些什么。那些他所寻求所期盼的东西根本是他一早就知道的，乃至于实际旅程之主要作用仅在于印证。然而，"印证"二字又不可以最粗浅最实证的意义解之，它还包括了某种更深层的拓展和开发。简单地讲，朝圣的重点永远不在外界那漫漫黄沙上的足印与滔滔白浪中的布帆，而在于内心真相之渐次敞示；朝圣乃是种建立在肉身经行里的灵魂旅程。

廖伟棠喜欢《达摩流浪者》，他在自己这部新作中也谈到了贾菲和雷蒙那段有名的对话："最初雷蒙相信'所有生命皆苦'，坚信'世界上除了心以外，一无所有'，但贾菲向雷蒙解释中国禅师为什么把弟子扔到泥里：'他们只是想让弟子明白，泥巴比语言更真实罢了。'在一次攀山的危险之后，贾菲又启示他说：'只有痛苦或爱或危险可以让他们重新感到这个世界的真实'。他们一味求空，却是实（他们在大地上的漫游）把他们对空的思考完成"。故此，旅行依然必要，只不过旅者的用心不是采撷美果探索民情，却是以道途中扬起的泥尘趋近自己一向思考一向关切着的对象。

廖伟棠并非达摩流浪者般的修行人，更不是朝圣的香客。那么，他想要的究竟是什么呢？

莫非是写诗的借口？身为诗人，廖伟棠腹中似乎真有一条巴尔加斯·略萨所说的绦虫，总是不可抑止他写诗的冲动与才华，所作所为莫不是为了写诗。所以我们在《衣锦夜行》中最容易辨识得到的特征，就是一般游记中十分罕见的大量诗句。他几乎无时无刻不写，或许是在摇摇晃晃的长途汽车里头，或许是病中发烧偶尔醒来乃得句二三；甚或是午夜抵达一座机场，无处可去，于是坐在离境大厅的长椅上忆记适才睡梦中的景象。就算他自己不写，也要在恰当时机吟诵恰当的诗句。于是他注意到甘南拉卜楞寺附近的一座桥，过桥时自然得想起"一梦繁华觉，打马入红尘"。

莫非是拍照？以摄影维生的廖伟棠沿续前作《巴黎无题剧照》的风格，拍下了不同地点的种种遭遇。有趣的是，这些照片正如他的文字，并不太过突出各座城镇的特性，更不以那些最著名的地标为主题，反而别有一以贯之的格调。回想起来，既然是"剧照"，每帧照片必然要服务于一出剧目所设下的基本音调。难怪他这批相片在彰显材料自身的某个特殊面相之余，也还总染带着一种气息相通的氛围了。这种氛围，我以为是怀旧。廖伟棠也曾总结过西尔维娅·阿加辛斯基对摄影的看法：究极而言，摄影确实是种幽灵的艺术。所有被拍下的，皆已不复存在；如果存在，也只是相片中的存在罢了；水上的留痕，林中的回声。

自Dean MacCannell以降，研究观光社会学的学者都注意到了旅者的怀旧心态。很奇怪，那些自命为真正旅者，不屑消费型观光者所为的人们，总是会在一个从未去过的陌生地点感到一股乡愁，并且不是对自己老家的乡愁，而是对这座不曾谋面的城市的乡愁。明明他没有来过此地，明明他是初次造访，他怎么会怀起这个地方的旧呢？我想，至少对廖伟棠来说，他怀的是种前资本主义生活的旧，传说中那还没经过商业活动洗礼的本真状态。故此他理所当然地喜欢越南，因为它太像他儿时的粤西老家。不过他的家乡可没有白雪皑皑的山岭，但他却还是痛恨玉龙雪山边上的高尔夫球场，想念它从前的模样（尽管他没见过）。同样地，到了乌鲁木齐，最多去到二道桥便好，再往里走就是挤满游客的"大巴札"了，那是一座过度迎合中土游客的主题乐园。因此他还热恋过数年前的北京，那年头还没有奥运，更没有高耸入云的摩天酒店；

有的是仍未发达仍未长胖的艺术家与诗人，以及未经现代工程规整的原始草莽。

在这种怀抱底下，每至一处，廖伟棠所看到的其实全是自己的心象。这不是说他不懂得欣赏每个地方的新异；就像那些专业旅游作家一样，向读者报告远方的趣闻，令我们可以单单坐在扶手椅上就能想象天下的模样。其实他懂，例如那不勒斯，在他笔下便绽放出黄色与黑色混合成的泥花，诚然是彼城应当展现的情致。只不过，廖伟棠总是看到了其他人看不到的面向，比方台北，他说此城有"清丽的寂寞"。我很怀疑有多少台北人会认同这个判断；可是没关系，他自己也说了，个中渊缘"不足为外人道"。

早在启程之前，廖伟棠就已经知道他在期待什么。然而，这趟旅行仍然是必要的。读他这批文字的时候，我一直联想起百年前谢阁兰（Victor Segalen）的《出征》。谢阁兰是法国诗人，通中文，在中国做过翻译，也曾替汉学大家沙畹考察中国的古迹文物。他是个怪人，虽懂汉籍，却刻意望文生义地把一些石碑上的刻字扭曲成奇异的法文诗。当年法国盛行过一阵"异国情调"的美学时尚，谢阁兰功不可没。今天要用东方主义和后殖民理论去打倒他那些东方情调实在太过容易，可是粗糙的政治正确批判却很容易大而化之地忽略掉谢阁兰的真诚。所谓真诚，我指的是诗人谢阁兰对想象与真实间的对抗的不懈执著。他的《出征》据说是本中国游记，但真正谈到旅游经历的片段却屈指可数；大部分篇幅,他都苦于心中想象与脚下现实之间的差距,角力与缠扭。

他说:"旅行者的义务我全没尽到,如果我不对途中风景做一番描绘的话——这种体裁是好写的。一个练习,一次体育运动而已。""这次旅行所穿越的,就是中国——亚洲胖墩墩的皇后,一个以四千年实现的真实之国。但是,不要蒙蔽于旅行,不要蒙蔽于这个国度,不要蒙蔽于柳暗花明的每一天。……这里展示的一干人物,目的都不在于把我带到目的地,而是不断地使争执爆发出来,这热而深的怀疑、第二次地、这样呈现:当你把想象对质于真实,它是会衰退还是会加强?"

假如用这段话去解释《衣锦夜行》还不够清楚,那就不妨换个角度,换一句更有趣而且大家更熟悉的话吧:"吾本乘兴而行,兴尽而返,何必见戴。"

自序
青春到处便为乡

"青春到处便为乡",台湾友人阿钝送给我的诗句,写得真是骄傲、洒脱,有能把路过的地方当成家乡去爱的勇气的人,便是有情人,便是精神青春者。这种青春的勇气不可谓不大,因为你要去爱、去生活,便意味着你要认识和接受它的方方面面:那不止是华丽和享受的一面(这是观光客可以轻易占有的),还包括它的琐碎、复杂、苦涩。但是你要是用心品味的人,你必能在这苦中品出蜜来,而且,这是你自己独特的体味,和任何一本书上描述的都不同。

这句诗,阿钝也用来形容我,在他眼中,"浪游者廖伟棠已经越岛无数,读万卷书也行万里路。"我却把这句诗献给我在不断迁徙移动中遇到的无数同类。七十年代出生的人,注定是属于迁徙的一代,在我们的成长过程中,中国对城乡流动的限制放宽、大学逐渐扩招,年轻人借着升学、工作的名义在一个个城市之间流动,而对于其中我等"波希米亚人"来说,根本不需要借口,我们是文化流浪汉,逐精神上的水草而居。最关键的是我们都有把异乡作故乡的精神,有此精神的人便能得到他所"过处"给他的报偿,他和他生命中经过的地方不是马和驿站的关

系，而是恋人之间的关系。

人，本天地间之羁旅者，百代中之过客。本来就没有什么地方可称为真正的家乡，尤其当一个人知晓了这命运，他便应该接受并且热爱变动不居的生涯——那他才能成为真正意义上的旅人。对于这一层次的浪游者，旅游是不纯粹的，他要的是生活本身，他要求生命就是一场完全的盛宴；观光是不彻底的，他要的是体验本身，他要求他生命所经历过的每一个地方都有爱有恨、在他的灵魂深处留下印痕。正如古人所谓"过处便有情"，爱上，便住下——倒过来讲：要住下，怎能不爱上？爱不止是一夜眼神的勾连、繁花之间的擦肩，爱一个人怎么能不完全体验他/她？同样，在世间流变中，一个有情的旅者，若爱上了一个偶遇的地方，又怎舍得不去融入它的生活、成为它的一部分？

对于我（和我的大多数朋友），北京就是这样一个地方。在我去北京居住之前，我已经在四个城市生活过：出生地粤西小城新兴、少年移居珠海、求学地广州、最后举家移居香港，皆不出岭南范围。所以当一九九六年我第一次去北京时我就被镇住了——或者说被她下了蛊。中国原来有这么疯狂洒脱的地方，而且吊诡的是，就在其历史和政治的核心，我新认识的每个人都似乎在过着这样一种生活：我原来只在《巴黎，一场流动的盛宴》、《流放者的归来》、《伊甸园之门》的文字中想象过的生活，诗歌、摇滚、醉酒、爱情与决斗，几乎天天都在发生着。于是我日夜谋划，年年去北京，二〇〇一年索性从香港搬到（美其名曰自我放逐）北京，一住就是五年。

关于香港，我曾经写过这样的句子："在香港，一个异乡权充了故乡，最后仍是异乡"，混杂的文化背景一度使我迷醉——他理应成为我血液中的一部分，但是还没有。二十出头的我年少气盛，结果在游戏规则过度完善的香港感到很不爽，这里的艺术家、诗人们也太小心谨慎，许多人只是把艺术视作上班之一种，而我渴望的是生活即艺术、艺术即生活。看来当时只有北京这道烈酒能满足我的胃口。在北京的五年，是我把自己彻底抛给偶然生活的五年，最初我和当时北京残余的"地下"艺术家们一样，凭着激情过活：诗歌、摇滚、醉酒、爱情与决斗……一个新鲜的自我也如青草萌生、疯长。北京成全了漂泊的人，同样漂泊的人也成全了北京如今风尘浮浪的气质，这里的青春大多数是远离故乡寻找机遇的青春，急欲找到停泊之处，又急欲找到自由的出海口，因此北京的散聚来得特别快，因此陈升那首歌只能唱给北京。

更好玩的是，以北京为基地，我可以四处出游，五年里我去西南三次、西北三次、东北七八次、中原与江南更是无数次，然后就去台湾、欧洲与美洲。最难忘的是二〇〇二年春在台湾的环岛铁路漫游和二〇〇四年冬在巴黎的浪荡。台湾也是一个仿佛和我血缘相近的地方，每年不去一两次心里就发痒，如果说北京呼应了我性格中疯狂的一面，台北则和我骨子里的寂寞相呼应，在台湾我与一种清丽的寂寞惺惺相惜——不足为外人道也。而巴黎，那曾经在我少年时的阅读中臆想过无数次的波希米亚精神之都,仍然没有在全球化冲击中变得让人失望,主要是冬天的刹那风刹那雨,仿佛把所有曾经在巴黎流浪过的伟大鬼魂都召唤了出来与我同游,结果成就了我最忧郁的一本书《巴黎无题剧照》。然后我又回到最现实、最粗糙的今日波希米亚精神之都北京。

北京的粗糙、混乱其实是她最动人的一面,然而她在奥运之路上渐渐把自己规整(无论是形象还是精神上),敷了许多化妆品,渐渐令我失望。可是"我来了,我看见了,我生活了",君子行在,从心所欲——北京到底鼓励这种"雪夜访戴"的精神:"吾本乘兴而行,兴尽而返,何必见戴。"我辈新迁徙者亦如此,想去一个地方,连夜便去,这是自然;爱上一个地方,住它数年甚至一辈子,也是自然;若突然想离去了,便轻身独然去,那更是自然。

先我离去的是诗人马骅,他二〇〇三年赴云南义教,从此隐身激流中不见。二〇〇五年,我北京的友人状况大多如此:诗人高晓涛长驻西藏,画家陆毅远走印度,音乐家颜峻在甘南学习喉音,音乐家宋雨喆去了意大利,音乐家李铁桥去了挪威……友人星散,而我说:"时光就是一袭隐身衫。"并且当时的中国正在"热"起来,我写道:"我的这个中国,即将卖做戏剧中那个中国。"当我在北京渐渐找不到北京的时候,我已尽兴,于是我又选择了离去,回到渐渐冷下去的香港。

但是对于经历过北京的我,香港又重新成为一个异乡——如今异乡真正成为故乡的代名词,他再也不是束缚我的地方,反而成为我的一个新的"发射基地"。新迁徙时代早已来临,我和这些"失散"了的北京浪人们,总有将来不确定的某时、在不确定的某地相聚的一刻,生活正因未知而充满可能。"青春到处便为乡",这既是一个赞许,也是一个要求,要求我们在寻找"生活的别处"的时候时刻保持青春的气盛。

第一部分

从巴黎到北京

巴黎摄魂记

巴黎，是一个存在过许多美丽鬼魂的城市，我曾如是想象。

我来到巴黎时已经是十二月初，万圣节已过，圣诞节尚未来临，正好是鬼魂们安静下来，准备第一场雪的日子。而淅沥的冬雨又使他们不安于潮湿的墓园，常借着某些忧郁的陌生人的身体出来游荡，抽着将熄的烟斗，拿着湿透的魏尔伦的诗集，或一朵纸做的铃兰。他们带着诡魅的微笑，出来回味他们在巴黎疯狂的时代、感伤的时代，那时蒙马特高地和圣日耳曼大街的Jazz乐队彻夜奏鸣，直到喝醉的小号手维昂在慢板中睡着。

那一脸恶作剧般的小丑神色是多么容易辨认，当他们在塞纳河岸与我匆匆擦身而过，又或是，在奥迪安大街上同一家咖啡店的屋檐下避雨，他们仍有着十九世纪的优雅，所以当我举起相机拍摄他们时，他们从容得仍如置身一个二十年代超现实主义画展开幕派对，举手投足都像黑白默片中走出来的影子。只是当我快门按下，曝光完成，他们就不知不觉消失了，只剩下细雨敲打旧水道边上的残叶和过时的荒诞戏剧海报。

摄影乃是一门幽灵的艺术，西尔维娅·阿加辛斯基在她的《时间的摆渡者》一书中断言。作为一个沉醉于旧日世界的摄影师，我深深认同，罗兰·巴特、本雅明甚至波德莱尔也会举手赞成，恐怕只有桑塔格会稍有微言，不过她也已刚刚加入了这美丽的幽灵的行列。能真正揭穿摄影幻象的只有最坚定的现实主义者，但是，又何必揭穿？这一个幻影不过是更大的世界幻影的幻影，如柏拉图在其洞穴所见。

鬼魂们需要安静，又不甘寂寞。因此我只是假装路过，与之窃窃细语数句便告辞离去。好像那天我去奥塞美术馆途中，雨突然下大了起来，"无意"的吧？我沿着伏尔泰滨河街匆匆前行，决定在一家旅馆门廊下停下避雨，才发现这里是波德莱尔和王尔德住过的地方，隔着重重玻璃往里张望，远远的大堂正挂着你们小小的肖像，两个纨绔公子回望我这一个湿透的流浪汉，仿佛说：我们也曾经如此，在巴黎的冬雨中走避不及。我身边那个黑人门卫在抽烟。也许因为阴霾的空气，他吐出的烟看来竟是蓝色的。我看到波德莱尔和王尔德的鬼魂混化其中游戏然后吹散。

还是墓地里的拜访更为静谧，我假装迷路的酒鬼多次徘徊于蒙马特、蒙帕纳斯和拉雪兹墓地。那里完全是鬼魂的海洋哪，像我想象过的灵薄狱——死之荫谷，却长有阳光熠熠流过照亮那些骄傲的波浪。

在蒙马特最美丽的一朵波浪乃是上个世纪的疯子，舞者尼金斯基，他墓前的雕像竟像极了古中国的美猴王，眼角皱纹深锁，眼中却是疯狂的灼热，仿佛为创造之美所灼伤——我能想象在他疯狂的晚年，整个声色之世界是怎样华丽地交响在他们的幻觉之中，而他竟不能一一舞之蹈之，因为人类之肉体是有限的，舞蹈又是一多么痛苦地想要摆脱这一局限的艺术，带着镣链的跳舞，因为绝望而绝美。如今这天鹅般的舞者更自囚于一铜像内，微笑着，穿着小丑的铃铛服，舞蹈就在他的眼光中。

蒙帕纳斯墓园最显赫又是最不显眼的鬼当然是波德莱尔。这能胜任巴黎众鬼之王的恶魔诗人，竟仍屈居在蒙帕纳斯潦草一角，在他生前最憎恨的继父之家族合墓中，我们唯一能够帮他的是在其碑前献上能唤醒他的疯狂诗稿，以及一张张地铁车票，以供他逃离。"你想要去哪里？""哪里？哪里都可以！只要不是此地！"我愿意陪你在巴黎的地下之网络带醉奔驰，换乘一列列驶向深渊和烈火的地车，驶进又出来，看上下车的美人们，肩上仍蹲伏一个忧郁的怪兽，而又固执地认为自己的美，乃是雨水淋漓的夜巴黎之主宰。

比波德莱尔更低调的是杜拉斯，在萨特与西蒙·波伏娃合葬墓旁边一个小而旧的所在，此墓不过短短十余年却长满了青苔，仿佛自十五世纪便存在，也难怪，这是一个十四岁便宣称自己老了的女子。第二次去拜访时，小雪欲停还落，旧墓上一层新雪，如南印度洋上那艘无着的小邮轮，它的起航与泊碇都无人注意，却证明了时光的虚妄。

在我离开巴黎前一个晚上，我在玛黑区一家二手书店仅花两欧元买到了你晚年的一本小诗集，应该说是你朋友Bamberger的摄影集，你配的诗。摄影的皆是平常事物：远处的船，窗口的光，陌生的男子……而你的诗句是我不认识的法语。顿时，为这些平常的影像蒙上了一层神秘，原来语言除了解释图像，曲解图像，还能有此魅力，令一本小书以及它携带的鬼魂都扑朔迷离。

拉雪兹公墓本是鬼魂最拥挤的一处好所在——它的优美，甚至可以用来写一个好的故事。但那个礼拜日突然凄风苦雨，我弄丢了墓园的地址，只好随意闲逛，还好只是错过了巴黎公社碑与肖邦墓。

最容易发现的当然是著名的六十年代摇滚鬼Jim Morrison，因为泥湿地上所有脚步都向他流去，又从他流走。但他竟成了最悲惨的鬼魂，巴黎所有的坟墓，唯独他被重重铁栏深锁，这便是盛名所累了，听说邻居几个不堪吵嚷乐迷骚扰的十九世纪老鬼，已经提出抗议，要把Jim移出拉雪兹。这可怜的Jim，就像他晚年酗酒生涯时肥胖，忘记了自己还曾唱过一首流星雁影般的《暴雨中骑行》，最后成了唱片工业的祭旗品，至今他们仍出卖着他来经营他们的六十年代幻象，换取二〇〇〇年代最实际的金钱。雷声又隐隐，这沉重的饱吸了酒水的鬼魂，能否流动到不远处的Jazz女Piéf身边，听她唱唱岁月的泡沫？

Jazz女Piéf此刻却出门了，去了墓地另一面，造访巴尔扎克、奈瓦尔和普鲁斯特。巴尔扎克喝了几万杯咖啡，杜门谢客，仍在写作鬼魂世界中最多生人的小说；奈瓦尔去了蒙马特的雾街，在他的"雾宅"重写雾月革命的诗篇。只有普鲁斯特永远有空，因为他的故事早已絮絮叨叨讲完，现在他可以放心地吃着玛蒂尔小蛋糕而不怕他爸爸的鬼魂出来麻烦他了。在摄影术尚未如现在泛滥的年代，每个人都像普鲁斯特那样有一个小蛋糕一样的"灵媒"，或者是一个旧粉盒，或者是一张过期的船票，又或者就是一本《追忆似水年华》，只要一拿出就能唤回过去。

只是从摄影家拉蒂格开始，照相机成了最完美的灵媒。也是一个无所事事的贵族少年，有点幽默、有点忧愁，流连光景惜朱颜，记录着海滨的困倦、螺旋桨飞机的升空、最无邪的笑。世界在他的摄影中永远如一孩童，他自己也永远是这么一个孩童。世界现身，世界本真如初，惜我们已不得触摸。拉蒂格、Piéf，他们会是普鲁斯特的最佳游伴。他们的残酷在于对二十世纪的残酷避而不谈，最无邪的影像也许最有情，最有情，所以痛。

一些鬼魂好像永远失踪了，比如摄影家曼·雷，两次去蒙帕纳斯的寻访都不见，他发明了超现实主义摄影最好玩的小伎俩：暗房中途曝光法。被暗房突然"意外"闯进的一道光施过魔法的影像，明和暗失去了秩序，阴影像着了火，迅速烧去了现实。可以相信曼·雷亦能借此隐身。罗兰·巴特也不知所踪，尽管我来巴黎之前抄下了他晚年"寻芳日记"中所有地址，想编一本罗兰·巴特的夜地图，但我在那些街角碰见的那些忧怨、沉醉的美男子，充其量只是巴特的情人，沉醉复沉默，明室中一晃。

但我最意外的一个鬼魂却不经意遇上了。多么超现实，首先能在十九区的纷乱市井中变出来一个吉卜赛马戏团就是几乎不可能的，而这个小马戏团竟然在它递给我的小明信片上变出了你，让·热内！——"这是热内混过的团"。你于是出现，在抛火棒小伙子失败时的一笑中，在吉卜赛妈妈热烈歌唱时突然的沉默间，还有那半熟少女高悬钢索时一刹那恐惧的眼神中。你疯狂得伤痕累累，悲伤得放浪自流。但你拒绝纪念，我那天拍的照片竟显影不出来一张。对于最任性最自傲的鬼魂，幽灵的法则是无效的。在摄影停止的地方，文字才如手风琴放开，从容吟唱。

若能捡拾，我满怀的光影应该能留住什么。但若我也是巴黎偶然的鬼魂一个，我并不希望留住什么。"在巴黎，论摄影毫无意义。"鬼魂们对我说，我们相视会心一笑。

二〇〇五年

l'Aqueduc街十三号阁楼

一个旧睡袋与薄玻璃窗上的雾气,把我带回五年前巴黎的冬天。二〇〇四年,我正是带着这个旧睡袋在巴黎的一个小阁楼过冬。"一进入那寒冷的房间,只稍微叹了口气,我感到深沉的疲惫袭来。"刚刚读到森山大道的《犬的回忆·终章》,他这样回忆他的巴黎生涯,与我在巴黎的第一天酷似,唯一不同的是他的房间在四楼,我的在六楼。

五年前我从巴黎回到北京,为我的书《巴黎无题剧照》寻找灵感,而重读里尔克《布里格随笔》,也同样读到这样的场景,"我坐在我的这个小室里,我,布里格,二十八岁了,什么人也不认识我。我坐在这里,微不足道。但是,这个微不足道者开始思考着,思考着,在巴黎一个灰色的下午,六层楼上……"

这写的几乎就是我,而不是诗人里尔克,更不是他虚构的布里格。在我二十八岁的最后一个月,我来到巴黎,身上只有五百多欧元,为了节约,我住在火车北站附近一条街的老宅子的顶楼,恰恰是六楼,一个阁楼。这是我住过的最小的房间,我怀疑它是阁楼的阁楼,因为正式的阁楼有老虎窗,它只有斜屋顶上的斜玻璃窗,向上用

力推开一冬天的凛冽寒气。

在沉重的蒸汽时代风格建筑巴黎北站，鸽子向大拱顶飞起，两个中国女孩围着煤气暖炉烤手，她们陪我等到了一个瘦高的中国男孩，这个男孩把他的阁楼转租给我。我们四人呵着白气登上这阁楼，发现几乎没法同时挤进去。斜屋顶下一张床垫，墙上一个活页折叠桌，不协调的是地上一部小电视和床尾巴一个现代的一体化淋浴间，否则就和十九世纪一个外省艺术青年来到巴黎所享受的无异。

送走三人，玻璃窗已经在人的体温里变得模糊，小水珠凝固、慢慢淌下来。从窗子看出去，俨然还是十九世纪的屋顶连着屋顶，烟囱连着烟囱，刹那间真有穷艺术家凭窗欲飞之感。我在日记本上写："为了这，也值得吃苦了。"日记的字迹歪倒模糊，我睡着了，窗外不知是光是雾，永远昏黄朦胧。这是一个好的开始，我和阴沉的天空只隔了一层薄瓦，梦中能与火车站的鸽子穿破穹顶齐遁。

l'Aqueduc街十三号阁楼

理应是高处不胜寒，我照旧
喝我用自来水拌的咖啡。
烟囱像群鸽包围我，但常常

鸽子振翼,在我的玻璃心。

窗子四点钟方向,北站上空的众神
仍是背身,整个六楼,整个十三号老宅,
不,整个巴黎只得我一人,
从蒙帕纳斯墓园带回满屋鬼魂。

其中一个我不认识,皮埃罗的眼
泪水混杂铜锈、鸟粪。他夸夸其谈:
他也曾经在这小阁楼忍耐过寒冷,
偷尝过艺术、虚荣和爱情。

他还暗暗撩起了上衣给我看:
"我也有一颗玻璃心,都是鸽子的声音刮伤。"
这蜡烛一吹即灭,我得关上窗。
我当然不是这伤感的高卢人。

在巴黎,我一个人住,总想起
"天上有星,海上有海浪"这首歌,
还有古人道:"过处便有情。"在海浪的海浪上
我睡着笑,知道我是一颗星。

这是三天后，我从蒙帕纳斯墓园回来第二天早上写的诗，天久久不亮，没有暖气的阁楼冷极，裹在睡袋里的人辗转难眠，手表也像被冻住了，秒针分针时针都慢慢地停了下来……起来洗澡，小屋便成大雾，雾中人还冲了一杯土豆浓汤。不禁就想起了北京。

许多天后从巴黎飞回北京，托运的背包里独独丢了一个电子相册，用数码相机拍摄的照片几乎都储存在那里，那虚拟时代的记忆工具是多么虚妄不堪。关于l'Aqueduc街十三号阁楼的影像记录只剩下我另一个老相机里的一张黑白底片和数码相机里两段短短的录像。让我把那张黑白底片放大再放大吧，在薄玻璃窗的倒影中，发光的是书桌上那叠稿纸，稿纸上躺着一支笔。一切还没有写下，一切已经写完。我记得，当我写到"鸽子"二字，窗外就突然听到鸽子的拍翅声，玻璃上水汽一擦就流下眼泪来。

那一年冬天，搬离l'Aqueduc街十三号阁楼后，我在巴黎流徙过好几个住处。白天总是游荡在墓园、书店和跳蚤市场，墓园深寒，我会去教堂里避雨、避那场极细极细的雪；在一个大风天，和同样来自香港的浪游人Lo一起在先贤祠避风，风起云涌之际，远远处见到埃菲尔铁塔孤独地闪光、熄灭、闪光、熄灭……我们走走停停回到塞纳—马恩省河右岸，找了一间咖啡店坐下，就着暖气灯，她说起她在寻找的一个叫做"凌云"的人，那已经是另一个故事了。

巴黎无题剧照集

海

我们走过蒙马特墓园上空那一条铁桥时,我几乎是幻觉一般看见了巴黎少有的一大片阳光哗啦一声从我们底下高高低低的墓碑森林上掠过。说是森林并不对,当我们投身进去,我们像在一个灰色的大海洋中浮沉,而且,惊涛骇浪。阳光如暴风雨,特别眷顾这一片幽谷,箭般冲擦过几个浪尖,对大多数在阴影中悸动起伏的鬼魂只抛下几句安慰言语罢了。

我看见最美丽的几个鬼魂并不在乎阳光,把自己隐没在那些高碑阔墓之间。比如海涅,想不到他在这里,为什么不回到柏林过冬去呢?他的额上分明是有过去一个世纪所有落雪的痕迹。而他对面的特吕弗更寂静如避风之港,落叶和树影一并在他脸上交错,他在风波中仰泳,四百击,不过海面上四百下雨点。

但是最骄傲的鬼当然是疯子尼金斯基,一朵波浪中的悟空,入迷的

猴子王，若哭若笑，寻思着把我们卷走，到一个真正的无何有之境、遗忘之海，如他四散的终场舞。

森林

"苦难离我如此之近，苦难离我如此之远。不是因为圣母和她的婴儿，而是因为那石柱的森林、那高歌而默然的森林，众树的顶端上有我的一份感谢。

"一切苦难都应该变成歌吟着展开的长卷，一切诉说都应该随着管风琴开扬然后噤声。而一切欲念、情爱都应该在此得到保留然后化做花瓣飘远。"

这就是我在疲惫的黄昏，在无所住的夜晚，在怀人的节日，走进巴黎圣母院，以一个背教者的身份做的祈祷。不，虽然我在这无言森林的怀内酣眠如无畏的婴儿，但我不是浪子归。

冬天

冬天深了，植物园的潘神也沐浴着寒气，豹子在云端散步，而王在

冬天的深处焚烧了他的诗。植物园如今没有囚禁力和美的铁笼子了,只有上世纪的蜂房依旧,辩护着布鲁盖尔民俗画式的和谐。冬天的树们还在排队,向放学跑过卢森堡公园的顽童招手,我也想轻松跑过,可是一地的湿叶子缠住了我的脚。

而我也没有见到里尔克的豹子(我曾反复咏读的匀称的步武),只是在早晨的残雪中跟着一只只天真的鸽子走过来、走过去,它们平庸却自由自在，最终仍是被我的凝视惊吓飞走。豹子在哪里呢？难道又像我昨天寻觅的也是里尔克写过的硝石所医院一样，皆在云雾中，几乎是虚构？冬天深了。我抬头望天，竟还有一点极冰凉的雪打进我的眼，迅即攥住我的心。

雨

　　为了躲避这场下了一个月的雨，我们贴着塞纳河边的老墙走，寻找一把伞。雨怎么还不变成雪呢？雨怎么还不变成雪呢？我一路上都唠叨着。今天一个巴黎人要看艾菲尔铁塔，我只好作陪，我是她的向导。"马上我们就有一把伞了！"扶疏树上，艾菲尔突然撑开。雨水却仍淅沥下来，一把漏雨的伞，如十九世纪浪荡诗人故意打着的，为了抬头时看见黑布上点点漏光，在白天也随身带着的星空。

　　既是星空，便遮不住多少流离失所的鸟、接长吻的情侣、把救济金全部换了甜酒的美髯公。"这生锈的雨，淋得我就快褪色了，我会变成透明的——"然而不，我穿过荣军院一阵疯跑，背后是拿破仑忧伤的目送，一转身我又看见了艾菲尔，雨水灯火，遽然流散。此乃一个玻璃世界，摇一摇就会有点点白雪飘落下来。

光

到达蓬皮度中心五层的时候，外面的空气已经全然被黄昏的魔法改变了。我仿佛又看见蓝色粒子在最后的日光中浮游、沉降并且碰出叮咚微音来。看哪，蓝色中发光的人烟、市井，虽知这是尘世之仍然把我打动的永恒光景，我几乎能看到四方楼宇里皆有生死爱恨、痴嗔怒怨，可爱如旧世界。远方乃是我来巴黎第二天即造访的蒙马特圣心教堂，洁白似世界的果仁，无从捡拾，又所谓"永不损坏的一粒微尘"。

此下便是熙熙攘攘，人们带着一天所听到的钟声、歌声走进黑暗，如无知无畏的孩童。身边的彩色管道和印象派画作都慢慢褪去了熠熠光彩，也混为黑暗，有一对假装为世遗忘的幽灵在我身边指指点点。那个男的我认得，他曾经是毕加索的模特，为他的《小丑》造像，他那白衣上一朵黄花还在发出焦灼的香气；那个女的却不知道是谁，仿佛我童年玩伴，哼着古老的歌谣。他们欷歔着，为这蓝色中发光的人烟、市井……

无题剧照

这里的影像和文字，是我二〇〇四年冬天在巴黎闲逛的结果。它们是那么虚幻，近乎想象。而此前，我想象了二十多年巴黎。

有三个人引导着我的想象：波德莱尔、莫迪亚诺、戈达尔。

波德莱尔的巴黎，是密谋家和游手好闲者的巴黎，插手于裤兜里看云，看一整天，一朵云的忧郁比得上另一天；他在拱廊街对一个擦身而过女子的悲伤。

莫迪亚诺的巴黎，迷失身份者的巴黎，时光永远停止于上个世纪四十年代，或者说深陷于历史和记忆的迷雾不能自拔——亦不想自拔，在那恍兮惚兮中沉醉。

戈达尔的巴黎，最难说，晦涩地指向六十年代的乐与火，满足了对革命、疯狂的欲望，同时付与最冷的愤怒和苍凉。

这三个人予我的巴黎面孔何其含混，不如本雅明的柏林或曼德斯塔姆的彼得堡之明晰。即使我亲身去到了巴黎，亦难逃其阴影。

因此注定了我影像的神秘，它们仿佛从数部黑白侦探片中截取出来

的剧照，每一张都暗含戏剧，然而因为和剧情的脱离，甚至反对着剧情的束缚，使它们更惹人猜测其莫须有的意义。它们是没有题目的，但和辛迪·雪曼的无题剧照不同，她是自己导演了神秘，我的神秘完全交托给偶然，给我自己也带来惊喜和感伤。

文字，与其说是影像的说明，倒不如说是这Be-Bop二重奏的另一个极端（犹如两件乐器在各自的旋律中奔驰，却暗中合奏）。它在一个我完全私人的巴黎游走，如一个酒醉的流浪汉之喃喃。然而它却苦苦追问着意义，从影像中、从影像所未能留下的想象和记忆中。

但最终仍是"无题"，那些人名和地名恰恰不是重要的。

虽然它们在我的诗文中大量存在，我只能说这是一种眷恋，或者"对世界文明的眷恋"吧，也许只是对所有存在过的、所有不朽的和朝生暮死的事物的眷恋。所谓，"过处便有情"。

在海明威所谓巴黎流动的盛宴中，我只愿取这一杯烈酒饮之。

在巴黎，你怎能不做一个酒鬼？

二〇〇五年

一年的最后一天
——写给马骅

实际上,今天已经是新的一年,
我们已经一年没见。
冬天深得像我们认识的那头黑熊挖的洞
　(我们说,我们是取暖的火,它就相信了),
回忆已经无效。

但一年的最后一天总有一些隐秘
属于你我。即使我们是火
只剩下炭。那天我在巴黎十九区,
寻找一个几乎是虚构的马戏团。
你该笑我老土了,你现在是冰
接近无限透明。不屑于我的伤感。

我们只是从地铁站的旧海报
猜测它的存在,穿过十九区
华丽的尿迹、涂鸦、诅咒、云彩,

和无数魔术师般的第三世界移民，

它居然存在。于是我领略了

吉普赛人的杂耍，简陋疏放

其中有忧郁，忧郁得野蛮。

从大帐篷中出来，天就暗了。

我看到节目单上竟然强调：

这是作家热内混过的团。

这个从罪恶中偷窃美丽的家伙，

记得你也喜欢。他怎么会结识这个破团？

难道他曾是那个抛瓶子小丑的恋人？

当然不可能。就像即使

再开那《春光乍泄》的玩笑，

我们也不是黎耀辉和何宝荣。

只是那个十九区的脏兮兮的黄昏

突然令我好想念你。

想起一首歌是你所写，讲一个下午、

一个姑娘。吉他的颤音嗡鸣，如此大

足够把我和她都吞咽。

不是在巴黎，不是在北京，

当然也不是在云南,
我们认识的那头黑熊在一个光明国
挖了一个深得足以埋葬所有冬天的洞。
它有句名言:"我一头熊就代表了古时候
所有悲伤的动物。"

你说,它是不是很像Tom Waits,
或者莫迪亚诺、塞林格这样的家伙?
这个冬天,这一年的最后一天,
我在巴黎的游荡也即将结束,
我躲进洞里,舔着它带盐巴的旧皮毛,
知道了它是你留给我最后的礼物。
我会好好保存。

二〇〇五年一月十六日

拉卜楞声色断片

拉卜楞

拉卜楞寺,甘肃南部藏传佛教格鲁派大寺。我们却来此地,记录声色。

雪

一下车,突如其来的大风雪就几乎把我扑倒在拉卜楞,它们和我同时来到此地,这无数只拳头大的小白狮子,嘶叫着击向我,像要棒喝我给我顿悟,却更像是在跟我游戏。

住下几天才知道,原来日日雪,即使已经是初春。凌晨的那场小雪只是为了在微暗中把山的轮廓勾勒出来而下,天刚亮便有风在这薄薄

的一层白上运笔，把白雪、蓝影和青山析分出层次来，像我这样早醒的人，便能推窗看这疏朗如南唐山水般的长卷。

午间雪乍落还停，为寺庙四周匆匆展开的浮世作一些有情的点缀，那些粗糙的牧民的脸便有了天真的笑。黄昏的雪才是重头戏，蜂拥乱舞乃至排山倒海，让人喘不过气来，这时还在雪中赶路的只有虔诚的朝圣者，即使是我等凡人，也因为雪的灌顶，而从无着的游魂，变成了稍稍知"道"的法丐，The Dharma Bums。

转经

转经是一件令人迷醉的事，尤其是你经过长途跋涉，又被骤变的天气冲晕。先我一个月来拉卜楞的友人，像要替拉卜楞给我一个下马威，把刚到的我拉去转经。这无尽经筒，周长号称是西北藏寺第一，绕拉卜楞日夜呷呀流动、欲凝又流，已近三百年。经筒右旋，风雪却逆而向左，为的是把经筒呢喃的六字真言尽全力激扬到远方去。

风雪不管我，只顾在我耳边作狮子吼。我也学老藏民低头蒙面，右手着力拨动一个个铜铸的文字、筒里抄得密密麻麻的丝结的文字、身后老妈妈念咏的百年冰水所酿的文字、文字、文字、文字……我竟忘我是一个编织文字之人，仿佛我的文字都是幻象，犹像喇嘛们在地上用沙画的坛城，风起即散（以显幻象为无），混为转经之声。我便为这声音的水流所醉，在仿如星系的自转和公转中入梦，在转过每百米一个的大经筒时，它会拨响顶上铜铃，那一下，魂飞魄荡……

银河哗哗水流中，亚里士多德所谓的行星和鸣也不外如是。

夏河

未有拉卜楞，先有夏河，寺依河而建。夏河藏名"桑曲"，在初夏的河谷，桑林间的谣曲，我望文生义，却知道了此河必与音乐有关。友人来拉卜楞寺，原为学习藏传佛教密宗下续部"喉音"，即念经时低沉绵长而波动的泛音，低沉绵长、波动而泛，正是夏河流水之态，所以夏河就是最好的音乐老师。友人每日趁午后阳光透澈的时候来到河边，听音，练声。他选择的是下游，水浑厚、杂糅，人声极易被湮没，被夹带着流出甘南的水域，消失远山中。

中游之水则清越、艳丽，寺中乐僧，吹长号、法螺者多来此练习，竞逐其嘹亮。我看见长号手先把近丈长的法号斜浸水中，让它熟悉水性，然后努力在水中把它吹响，其声逆水而动，慢慢升起长号于水面，此时法螺加入合奏，仿佛春雷阵阵。那天是我离开拉卜楞的前一天，雪已融，艳阳天。

至于上游，此时还在西北，敲弹雪山送下的片片浮冰。

桥

夏河县分桥北桥南，北为寺，南为俗，桥乃成了分界。如此一桥，应该是像西方叹息桥一样，过之便离开世俗痴嗔、万般恼烦才对，然而不，此桥我觉得是夏河最有情之所在：早上卖"锅盔"（藏式大面包）的三个老婆婆、默默看一上午流水的蒙面少妇、日落仍不想返寺的两个小喇嘛……他们都站定了不动，而桥上是出入车辆、红尘相逐。

桥是供人凝望、流连和追悔的驿所。张择端之桥、废名之桥皆如是。我过桥，也像废名小说里的懵懂小子，只一回首，便不知道自己该向桥的哪一边去了。"一梦繁华觉，打马入红尘"，不入红尘何以度众生？我且向南，虽然大道朝北。

大经堂

那是在大经堂的一角,东侧门透进来的微光令我看到这个红衣小沙弥,他靠在柱子上,这柱子是大经堂一百四十根明柱之一,这沙弥,是拉卜楞三千僧人之一。大经堂能容三千僧人同时读经,那天,起码来了一半。除却这小沙弥,所有的喇嘛都作穷经皓首状,或自作梦语、或凭空辩日,喃喃焉,晕晕焉,其中有似得大道者,索性一觉睡去。

我爱那小沙弥,只有十岁的样子,仅属"驱乌沙弥",他却不去广场上驱逐乌鸦玩,而在此静立,双眼低垂,脸上是心醉神迷的表情,那一道微光,仿佛专门为他而至。

大经堂是三百年前嘉木样一世活佛所建。嘉木样一世是格鲁派大师,最能看破虚空之人,临终时竟叮嘱再不转生,有此决绝之心的活佛恐怕只有他吧?若想象他未悟道时,定是这小沙弥的模样,觉有情,也许更勇敢。

欲醉瓶

"欲醉瓶"是我在拉卜楞看到最美的词。想要把自己喝醉的瓶子;想要借此瓶中物以一醉;让人晕晕欲醉的瓶子。三个解释,似乎

都成立。

而真正的解释是"让欲望于其中迷醉的瓶子",藏语里乳房的称谓。藏族以乳房圆浑微垂、乳头上翘为美,恰像一个灌满了美酒的陶瓶。在拉卜楞桥头观望,常见丰腴的藏族少女和妇人,她们的酒瓶,为多少长辫垂肩的东藏男子所欲醉。

我看见这个美丽的词是在《藏汉大辞典》上,邻近的一页上还有一个美丽的词条:"四欲"——"互拥欲、执手欲、含笑欲、凝视欲",欲望都如此痴情无邪,破戒也是可以为我佛原谅的吧?

曼陀铃

拉卜楞是爱乐之寺,最流行的乐器不是法螺"东戈尔",也不是小号"刚顿"和阿里琴,而是舶来物曼陀铃。我认识的好几个喇嘛都有很漂亮的曼陀铃,他们自弹自唱,有的还出版过自己的专辑唱片。那天午后访友人的小师傅金巴喇嘛,说着贡唐仓大师的音乐,金巴顺手拿起曼陀铃弹唱。琴声扬洒连绵,吟唱中带着感激和快乐。和弦转换之际,曲子顿挫之际,金巴含笑凝看我们,神气动人,仿佛来自天边外、白云上的一顾。

我不懂藏语，但想象他唱的就是六世达赖仓央嘉措的情歌：

在那东山顶上，
升起了皎洁的月亮。
娇娘的脸蛋，
浮现在我心上。

声音

未到拉卜楞之前，我不知道西北苍凉地也有许多声音。后来我听见了。

先是雪落肩上的声音，"拂了一身还满"，那是后主词中砌下落梅的声音；雪中能辨的是栖鸟寒暄的悉悉，它们的巢，结在寺顶金色的命命鸟像下；寺顶常有细碎的铃，渐夜渐清晰，铃声缠绕着高高经幡，而经幡飒飒、猎猎，绷紧那风马旗之柱的粗铁线则在中午的阳光中嗡鸣，小喇嘛过来触摸、聆听；俄顷大经堂檐下横幡卷动，波浪状，便有寂寞的远海之声……也许是青海湖的细浪……

常听见钹声嘈嘈，由小而大，铁马冰河般簇拥而来，羁魂未安，便又有法号紧迫,森严怒喝,让我寻找了几天,终于从一大院的门缝中看见:这一群小喇嘛在认真地卯足了劲对付比他们身体大一倍的乐器。比这更可爱的是,在浩漫神秘的集体诵经声里,还常能听到几个才五六岁的刚"入学"小喇嘛,道字不清,但也起劲地跟着师兄们的节奏"啊,啊,啊,啊"地叫。

友人来拉卜楞记录"声音",他认真地录,我在旁边摄影,渐渐相对无言。

二〇〇五年(香港中文文学奖散文组亚军)

爱丁堡，一场没有结局的戏剧

爱丁堡的雨和阳光都来得急速、准确，可称之为"捕快"，就如福尔摩斯侦探小说里，传说中的苏格兰场的黑风衣骑警，日夜驰巡于那些古老但还没有发出霉味的街道。（爱丁堡的芭蕾花也连夜换妆，盗取雨的私情。）

雨周围却是马戏、人为末日。岩石般的雨拼命洗，也洗不去朱门血味：被绞死的玛丽女王、海盗、银行……让今日朋克享乐"艺术"的献媚。

于是在雨和阳光的间奏之中，那些马戏团的小丑们、悲喜剧的英雄们、雕像扮演者们、懂得十八种乐器的演奏方法的流浪歌手们……纷纷登场，他们也急速、准确，见缝插针地在每一块方砖和门洞间表演他们的艺术。当然，因为时间有限，他们演出的多是艺术的高潮部分，没有原因，没有发展，也没有结局，只有G弦上的华彩solo、雕像凝固的片刻、悲剧的命运转折点、小丑哭鼻子之时……这些极端的决定性瞬间，他们自己定格下来。

而居民、游人却不买这一套,他们的戏剧性是反高潮,他们的叙事是无叙事、意识流,结果他们的演出更前卫和实验,在我的照相机的刻意误读中。

我故意在阳光灿烂的日常生活中寻找那些艺术家们走神的刹那——其实就是他们作为一个凡人入神的刹那。同时我也在雨水伶仃的自然戏剧中寻找,古城的真实世界掩映在雨雾中,神秘并且在另一种快乐中延宕着。这些快乐,是因为戏剧日日演出,没有结局,也不需要。只要舞、舞、舞吧,捕快躲在镜头后面迷醉着,他喝多了健力士黑啤,他就是我。

另一地雨更凶猛了,另一地的愤怒,却已把目的忘记。我闻之飒飒,旧修院旁夜夜,把雨比之刀斧、我曾受弑的过去。

达摩山下,写给达摩流浪者们

一

第一个是你,永遁的捻火人,翻身蹈浪者。未知你曾否潜行过此?我在这里第一次渴饮转山路上清净雪,而你已经畅饮百次,自夸可比青稞酒之美;我在这里涉水,金沙江,而你已经领澜沧入湄公。雪走到了山下,其宗桥旁开桃花,属于你的,山、浪花、明暗月。

这里是云南一个不起眼的角落,在维西和香格里拉的交界,这座山,仅仅以传说中那是达摩来到中土第一个修行地而稍有名气。当然,我和妻子来到这里不是因为达摩,而是因为山下面一间藏族孤儿小学,小学里有我们念挂的一群孩子,我们来到这里,和他们一起生活了一些日子。

今天是其中一个清晨,依旧有大朵的云,云间大片的钴蓝的天,天上,达摩山的棱角。今天是藏历新年节庆的最后一天,恰又是汉人的元宵节，我们决定登达摩山。

马儿在山谷的薄雾中呼着热气。我们在马背上，晃晃悠悠地上着山，海拔比较高，近四千米。过第一道弯，低头便见舒缓而出的金沙江，在晨光中如巨缎铺开，反光如像给我们赠送亿颗细钻，它刚刚来到平原，马上就要汹涌——

在马上，我想起你。四年前，你也是来云南帮助一间山区小学，在那里当了一年多的义务教师。两年前，你意外坠落澜沧江，至今不返。澜沧江，金沙江，最终都汇入更南方的湄公河……我们开玩笑，你现在湄公河，和你喜爱的一头大象静静沐浴呢。

香象涉江。从这清丽婉扬的意象中猛醒过来，回望刚走过的其宗桥，桃花一树，灼灼其华，然而在彼岸。

花了三个小时上得山顶，转山的路就要交给我们的脚了。在藏历年转山对于藏人是莫大的福分，我们知道，更知道你在初到云南后一年，转过无数次山——而且多是替别人转，我们在另一个朋友拍摄的一段短短的录像里看到你们低头疾走，嘴里大口喘着气，几乎不说一句话。但是摇晃的镜头指向前方，前方是一个光的洞口，明明灭灭之间，既像水草纠缠的冰面破洞，又像那虚无地幸福着的乌有乡……

我们在积雪未化、坚冰覆盖的羊肠道上艰难前行，心里不断念叨包括你的每一个朋友的名字，祈求他们的福祉。我们不能提起自己，这是藏族传说中最令我佩服的一条约规：转山和朝圣路上，你只能为别人祈福，不得怀有私心。

我知道你也曾在此崎岖中念及我们的名字。以此深山雪的洁净为证。

二

第二个是你，贡秋丹增强丘，曾经带海进城。如今出城去，剪红衣为僧裙。我们也曾一起深夜大笑下山、笑煤车狂灯，在太行，不知为谁而忙。正如那冬天的枯涧送乱石无名，达摩山下，花也无名。当你突然问起"喂马，劈柴，周游世界"，我愿回答："森吉梅朵，尘世中应当的幸福。"

鼓励我们今天转山的，是留在山下的人。贡秋丹增强丘，在你还叫做李兵的时候，你曾经十数天风餐露宿，一个女子，带着一个挑夫，完成了最艰险的梅里雪山的大转山。然后，你就写了一本《人如辽阔高原上的一只虫》，你就出了家成了藏寺里的一名比丘尼，然后你用义卖这本书的钱作为最初基金，一点点地建立起这座金沙江畔的藏族孤儿学校——森吉梅朵学校。

  都是缘。我和你也曾经有过一山的缘，那是六年前的太行山，岁暮，残冬，河北阜平的一个老旧的温泉宾馆。偌大的温泉宾馆只有我们三人，晚上我一个人泡在空荡荡的男池，头上是火般燎烧着的大星！"群星磊落，起伏跃涌，我的手指很快失去了方向，游移着，像一树风中的白桦，指挥着荒凉的一曲Satie。在手的下方，一条长河几近断流，冰和水参差着，缓缓生变着季节的调性、旋律。"那年我给你的诗里如此记述。

  白天，我们沿着冰冻了的山涧前行，"踏枯草登山，踏冰涉河，漫无方向，时时把别人弄丢，但转头又见自己迎面走来。至暮色弥漫如水声，我们又借运煤卡车的灯光走长长的盘山公路回家，一路暗想我们是《达摩流浪者》中的凯鲁亚克"。

  转眼就到了今天，我们成了彼此诗中"三两个走到了世界尽头的朋友"还是"一只跃入我们视野的灰兔"？当我和妻追赶着夕阳的余光急步下山，我的手机突然收到你的短讯息："你记得'我愿面朝大海，春暖花开'的后一句吗？"我当然记得，那是海子，那是"喂马，劈柴，周游世界"。

三

　　第三个是你们，森吉梅朵学校的童子们：多吉甲、康卓草、扎西东珠、才让卓玛……我走过的路你们也走过：甘南、青海、香格里拉……你们也攀石上山，见过老喇嘛罗平和他的猴子，它有吉祥的名字：喜喜。如今这名字也属于你们——因为它在空中跳跃、放大霹雳，我们才有这人间的焰火；因为它被捆于悬崖，我们才能在火中接过金箍棒。

　　我们急着下山，不是因为害怕黑夜，而是为了践约。森吉梅朵学校今天晚上组织了庆祝开学和元宵的篝火晚会，老师们还从远远的县城里买回来了焰火。多吉甲、次仁曲措、康卓草、桑吉卓玛、扎西东珠、才让卓玛……你们今晚将有一个多么难忘的记忆！这是献给达摩流浪者的幸福酬劳，你们和我们、和你们的老师一样，也是达摩流浪者，小小的年纪走过那么远的路，你们的家远在云南之西、之北，老师从那里把你们带回来。

　　我带着一山的尘土和旧雪回到森吉梅朵学校，看了大焰火，看了"锅庄"舞，便疲惫全无。你们缠着我讲山上的事，于是我就想起山顶上我们遇见的独居老喇嘛罗平和他的猴子喜喜，"我也见过！我也见过！"你们抢着说。

你们的偶像，都是猴子王孙悟空，这我知道。但是为什么老喇嘛罗平的猴子叫喜喜？为什么喜喜被细链子绑在高山寺旁的平台上？为什么老喇嘛罗平会见面就问我们："早上五点你们看到月全食了吗？"

这些问题，我想你们要很多年以后才能明白答案。今晚，你们只需尽情放那十二响的"轰天炮"，在手上开银色花的焰火。

四

一座山就是一千个奇迹，且不问山顶的足印谁凿，那面影是否是我黑夜里洗镜，用这满山月光。"山上，马腹滚热起伏，松针露。"吟这俳句的人用松针缝补百衲心，而山即是心。拾得和寒山子既可以是凯鲁亚克和施耐德，也可以是妻和我。我们追雪下山，心中水流婉约，纵使脚下世界嶙峋、汹涌如昨。

下山后，看回当年读凯鲁亚克《达摩流浪者》笔记，里面记录了流浪者贾菲谈论寒山的话："他过的是一种孤独、纯粹和忠于自己的生活。"而另一个流浪者雷蒙谈到贾菲时说："他爱好的是潜行于旷野中聆听旷野的呼唤，在星星中寻找狂喜，以揭发我们这个面目模糊、毫无惊奇、暴饮暴食的文明不足为外人道的起源。"雷蒙和贾菲，其实就是作家凯鲁亚克和施耐德。

最初雷蒙相信"所有生命皆苦",坚信"世界上除了心以外,一无所有",但贾菲向雷蒙解释中国禅师为什么把弟子扔到泥里:"他们只是想让弟子明白,泥巴比语言更真实罢了。"在一次攀山的危险之后,贾菲又启示他说:"只有痛苦或爱或危险可以让他们重新感到这个世界的真实。"他们一味求空,却是实(他们在大地上的漫游)把他们对空的思考完成。

贾菲说:"想想看,如果整个世界到处都是背着背包的流浪汉,都是拒绝为消费而活的达摩流浪者的话,那会是什么样的光景?"

那么这个世界就变成今夜的达摩山,积雪如明月,辽阔如星空。每一颗星子都能在松针上的露珠上找到自己的投影,每一个路上人都能找到自己的旅伴,互相告诉对方,脚下有路,路通往每一个方向。

愿天下行者也知道这一切,一如达摩和罗平示我:昨夜月全食,星依旧耿耿。

二〇〇七年(台湾第三十届时报文学奖散文组冠军)

越南,隐秘与魔幻的旅程

一

有一个时期,我非常迷恋越南导演陈英雄的电影,《青木瓜之味》、《三轮车夫》、《恋恋三季》等,那是我远离我在粤西的家乡十年之后。来自越南的电影竟然唤起了我早已淡忘的乡愁:绵绵无尽的雨水、青幽的院落、僻静的村屋、一个农家少年的寂寞……还有那些在潮湿中疯长的植物和植物间倾颓的瓷器、瓷器一般的时光。这些易碎的意象同样存在于我的记忆中,而且仅仅是十年、二十年前的记忆,假如我现在回乡,已经很难重遇同样洁净的景象,就像每一个中国的发展中城镇,我的粤西家乡早已陷入草莽的经济乱潮中,变成一个毫无主体和美感的廉价工厂。

所以当我想到"回去",我只能回到一个异乡,比如说:越南。当我离乡二十年后的一个秋天,我"回到"越南作了一个月的漫游,在越南发现了八十年代的中国,其朴素、孤独与美丽依旧。启程的第一天,从广州出发前往广西的火车,夜间恰好路过我家乡的小站,停车两分

钟,仅够我跑到车门深深地呼吸了一口黑暗。这微蓝的黑,仿佛也依旧属于二十年前,一个十岁少年失眠夜的寂寞。

是的,在旅游中我一直是个怀旧的人,比如说我会选择火车这种两个世纪前的交通工具。我曾经数十次坐火车在中国大陆做纵断、横贯式的漫游,也曾拿着环岛车票走遍了台湾的每个车站,在阿里山和北欧都坐过古老的登山小火车……原因也许是我少年时耽读的一本漫画《银河铁道999》,松元零士的过时理想主义者的悲壮气色,通过一列蒸汽火车传染到我身上,至今不褪。这次在越南的"环国"旅程我和妻子仍然选择火车,从河内向南到Hué到胡志明市,再往回深入Dà Lat(也是为了那里的一段小火车),然后往北到岘港再上火车,只为重走岘港经海云关再到Hué那一段极为壮美的蜿蜒在海边悬崖上的铁路。

越南的对称结构就由铁路两头搭成:河内市和胡志明市是众所周知的越南的两个中心,前者是越南的首都、政治中心,后者是以前殖民地的中心,以"西贡"之名建构着西方人的文化想象、贸易想象。两者也因此呈现不同的美感,河内是一种带有理想主义洁癖的政治海报美学的体现,但它又超越前苏联和中国式的刻板,洋溢着热带文化的单纯与自由;西贡除了是杜拉斯《情人》里的靡靡之所、颓废馥郁之河岸,也是湄公河三角洲繁富与幽秘之始,以及陈英雄电影里惨绿青春的放纵与夭折之地。

但我更喜欢的是另一对双城：Hué（顺化）和Dà Lat（大叻）。它们都属于更古老的越南，一个是三朝古都，一个是法国色彩浓厚的山城、末代皇帝行宫所在。前者在几十年之间几乎沦为废墟，后者在遗忘中生长出各种魔幻的形态，相同之处仍是寂寞二字，这弥漫在空气中无孔不入的寂寞，是我从小对深宫、仙境的全部想象之所归。当我来到这两个城市，我仿佛被二十年前那个神秘的少年所引领，而且因为他安静的气质而惭愧、而三缄我口——我就是这个少年，远离我冥想中的世界已经许久。

二

我不愿意写Hué的中文名字：顺化，因为那完全是以中国皇朝为中心"赏赐"给属国的带有侮辱性的词汇，以示"化外之民"对国朝的归顺。Hué是越南自己的发音，可以音译为"惠"，而同音字Huê则有"晚香玉"的意思。如果把它叫做晚香玉城，也非常贴切。环绕它的河叫做"香河"，城中心的皇城犹如老旧的一块玉器，在昏暗的傍晚，无人知道它沉睡在重重阴影中的花纹和微光。

走进香河北岸的Hué皇城，姜夔的《扬州慢》油然涌至我心，二〇〇七年秋天的越南皇城废墟就像南宋淳熙丙申至日的淮扬，虽无夜雪初霁，却是荠麦弥望，昔日的禁城周围许多已变农田，护城河里齐腰深的苇草，隐约间有人出没刈割。一八〇二年到一九四五年间这里都是越南的首都，前后经历了阮朝的十三代皇帝，这里也试过"胡马窥江"，那是越战期间，美军战机轮番轰炸此地，纵有历史学家、人类学家为之求情亦难以幸免。从此皇城只余废池乔木，在一年一年的阳光雨水中青草自绿。

"杜郎俊赏，算而今，重到须惊。"阮朝的皇帝不是杜牧或者姜夔，惊也只惊无人的历史仍然无情地在这小天地里延续。皇城的宫门低矮、宫墙灰暗、细节含混——相对北京故宫而言，这里只是一个十分之一比例的故宫。但我很快发现这样比较的愚蠢，这是两种不同的文化，甚至两种不同的世界观。越南皇朝固然无力奢侈，却也顺势建立了一种小国的美学，朴素、从容、低调、清丽。在旧宫室的檐上写有御制诗十余首，如：

河遥湖乃近，非爱亦何瞋，始获而终放，验之则是仁。

未蒙甘饵食，已觉瘁须鳞，安土重迁念，恐渠弗作仁。

姑莫论其中仁爱是否真诚，但这些诗里面没有中国古代腐儒们常常吹捧的"帝王气象"那是肯定的，有的仅是一个垂钓者代入水底游鱼的冥想，一个乡间寓言家的亲切。越南古代帝王中写诗最多的是嗣德皇，我猜这些诗很可能是他所写，第二天我有去他的陵墓——据说当他修好

自己的陵园以后索性搬到那里居住，不理政事天天写诗——那里的池水幽深，多有黑鱼巨大游弋其中，也许仍是当年的皇帝始获而终放的那些鱼儿。

有一种奇怪的装饰遍布这些皇宫和陵墓，所有的檐饰和墙上浮雕都由青瓷器的碎片镶砌而成，光怪陆离之余又古朴稚拙，一个看惯金碧辉煌的华人游客来到这里肯定会笑话："这是个皇宫？连我们的地主庄园都要比这豪华得多！"就让这些暴发户笑话去吧，小国寡民的平和快乐，大国民们永远享受不了。经过年月的磨蚀，这些碎瓷的花朵更加灵气逼人，原本的图案被瓦解了，剩下的仿佛生命的残骸一样重新组成一些残酷的字样：如宴席闪闪、如席上端盘的骷髅、如孤竹、如消隐中的笑颜、轮回中的队列……

天清增日辉，云拥吐峰奇，夕望姮娥照，时思少女吹。

仍是这个冥想中的皇帝的诗句。清亮的光线仍然流拂过杂草深深的宫闱，云影也仍然环绕青青世界。少女的笑声在护城河外，为着踢球的少年们响起。宫中的少年不知乾坤已别、日月已长，一如陵园重围中的守护兽，仍然挂着莫测的微笑呢。"我日夜梦见的／我的深宫，尽没在两千年雨季浊水里／乌鱼编织了亿条荇藻。"这是我想象的他的诗。

假如他还在，他会读到我为他写的诗：

你是你的奈何桥，
我是我的叹息湖。

落叶终于腐烂了故都，
龙走着龙步，猫游猫泳，
你含一片花瓣水底看着。

水底罗列了星斗，来自国朝
的使节写了一篇赋就用尽了
它们的光芒。

你是你的水晶蟾，
我是我的罪己诏。

在皇宫与香河岸边的数个庞大等同于皇宫的陵墓之间盘桓了两天，第三天带着废墟一般的思想离开，坐在三轮车上看着骑脚踏车放学的女生，均手执Ao Dai（越南国服，束腰长摆，类似旗袍但素之）之一角，飘然而过，与那些巨大的死亡象征物为邻毫不影响她们的青春。

坐上开往胡志明市的火车，票价不菲，大约是同等里程巴士的三四倍，但却因此看到这段被《美国国家地理》杂志评为"世界五十大"美丽海岸线的海云关——岘港的海岸铁路,这个下午密树与山崖悚然,乌云盘结欲雨,海浪怒潮一路拍击,老火车在窄轨上微微倾斜,仿佛要冲进浩淼海天之间。这是一个完美的哥特小说的场景,是夜我在火车上辗转反侧、迷梦连连,午夜里潮湿的三角洲、铁皮震鸣在我的枕头下、头颅中,这是越南的窄轨、越南的古怪速度。然后我真切梦见我写下这些诗句:"当他落到死之荫谷,周围全是幽黑、冰冷和腐烂的话语,堆积如落叶,诉说着爱、怨恨、失去的一切……"铁皮震鸣如宇宙。

三

原本准备从胡志明市折返北部的行程也全部坐南北纵断火车,但是传说中的另一列火车吸引了我——那是位于高原之城大叻的一列齿轨铁路小火车。为了乘搭这列小火车,我们必须乘坐一整天的巴士,从胡志明市往北、跋山涉水深入"印度支那"腹地。随着海拔升高,一路上雨雾交杂,我们的巴士仿佛在水中森林穿行,大片的云朵从身边擦过,像海底的暗涌般奇幻,我们还不知道这仅仅是大叻奇幻的开端。

在《银河铁道999》漫画里,星际列车每停靠一个站都是一颗风格迥异的星球。在越南旅行也有点这种感觉,每个城市的风土、结构、特性都很不一样。在雨水中抵达大叻——雨越下越大,简直像《银河铁道999》里那颗名叫"如池雨"的行星,周围一切都泡在雨水中,那些精致的欧式别墅被洗得娇嫩。这里明显比越南其他地方富足，因为独特的小高原风光，它从一百年前的一九〇七年开始就被殖民者建设为度假胜地，法国人给这里留下了别墅、林荫大道，风光保持至今，越南的末代皇帝保大在这里建立行宫，附庸而至的末代宫廷、官员家族也为这里"贡献"不少。

大街上行人疏落，十月仍然是雨季，那些雨国的居民都到哪里去了呢？那些别墅现在是谁的呢？越共政府中的休养大员还是经济开放催生的新贵？我们就在车停下来的第一家旅馆下榻，拉开窗帘只见对面小楼中一窗灯亮，亮光中一个女子穿着白色睡衣的侧影。"埃莱娜·拉戈内尔的躯体沉甸甸的，天真无邪，她的皮肤就像某种水果的表面一样光滑柔嫩，而这种柔嫩很快就将会感觉不出来，只能让你产生少许的幻觉。"杜拉斯在《情人》中这样描写她的室友，埃莱娜·拉戈内尔来自大叻高原，她美丽、性感但完全不自知这一切，"她身上虽然有一副像似精白面粉的形象，可她自己却无所感觉，这些东西将赐给玩弄它们的那双手，赐给吸吮它们的那张嘴，而她却不把它们记在心上，也不了解它们，更不了解它们那神奇的威力。"这说的，怎么就像被法国人、越南皇室、日本人和现在全世界旅游者轮番宠幸的大叻本身？

它在雨中喃喃低语，无意于自己的魅力。

第二天一早，我们就赶到春香湖一侧的老火车站，雨渐小，高原驮马在湖边与一张废弃沙发相对无言。老火车站著名的齿轨铁路曾在一九二八年至一九六四年间连接大叻和Thap Cham Phan Rang，在社会主义越南建设中一度被遗弃，最近几年才又修复其中部分路段。火车站是典型的上世纪初新装饰主义风格建筑，大色块上布满黑白线条，天窗上的无数小方格彩色玻璃又接近克里姆特（Gustav Klimt）斑斓的镶嵌画，两者结合得非常完美。这是一个有列车时刻表但绝不依时发车的火车站，必须凑够至少六名乘客才开车。我们只好等待，几列锈旧的蒸汽火车头停在野草丛生的路轨上，我弯腰观看，果然是传说中的"齿轨"——两条铁轨中间还有一条带齿的轨道与火车相咬。

　　几个洋人来到车站，鲜花覆盖的铁路终于开来了两节车厢的红蓝色小火车。跟着小火车一路小跑而来的列车长也像《银河铁道999》中的小个子车长一样兼任列车员，一切都小得像玩具，包括火车上的木条长凳，铁路穿过的小村落、小块农田，耕作的农人，一个背对铁路打坐的小弥勒佛，唯一不小的是车长一路拉响的汽笛，很是骄傲。不一会儿，小火车就到了八公里外的终点站Trai Mat村，整个车程就像一篇短小明快的格林童话。

　　终点才是魔幻的开始，灵福寺在村子旁边，应该是以前的越南华人所建，把漂泊的华人想象力发挥到了极限。它的建筑风格奉行"多就是美"的繁富美学，能容下装饰的地方绝不放过，龙和异兽、祥云挤满了柱子、窗台、门楣……在这一切之上还镶满了彩瓷！寺旁的花园由两条大龙首尾缠绕盘踞着——一条二维造型的负责建立向上的空间、一条三维的负责地面和水池的起伏,同时有众小龙穿梭其间。寺庙里镶嵌描绘着思乡人心中的大千世界,楼上则是千手观世音和玻璃共构的幻境,俯瞰另一边的院子,竟有一大假山景,雕塑出达摩挂履进洞修行。

从这华丽的伽蓝回到小野花簇拥着的废墟世界,与之相对称的,是大叻南面著名的"疯屋"Crazy House,原名是Hang Nga Guesthouse或Spiderweb Tree House,大叻人对这个建筑感觉匪夷所思,故取名Crazy House。这所房子的主人和设计师是Dang Viet Nga,是越南第三任国家主席Truong Chinh的女儿,她在前苏联取得建筑博士学位,返回越南后在大叻建造了这间古怪的旅馆。如果灵福寺代表了热带东方劳动人民的乌托邦狂想,Crazy House则是一个被西方童话艺术熏陶的热带贵族小姐的Nowhere Land狂想。

一般对此建筑的定语,就是"梦幻与童话般的",长颈鹿屋、熊屋、蜜蜂屋……每每依照自然中形象配设而成,充满童趣,但是无规则、凹凸翻滚的外墙内壁,旁逸斜出流动的天桥、飞檐,使它更像是一个生物,像高迪(Antoni Goudi)的建筑一样自己在雨水中生长。它又缺乏高迪的神性,在墙上隐现的女人体和墙外高挂的巨大啄木鸟、参差垂挂的雨篷却带有一种魔幻现实主义的非理性野蛮在内。

的确非理性,这样一座疯狂的房子与安静甚至清贫的越南格格不入,然而它存在，这就是一种深层的现实主义——人民需要通过这些狂想来释放自己的另一面，也许是欲望，也许仅仅是梦——来自历史的片刻打盹出神。最不可理喻的是建筑者是越共领导人的女儿，据说这个革命领导人和胡志明一样还是个诗人。种种表面矛盾的因素组成了另一个越南，迷乱的越南。

那个越南，上世纪一个被"革命"的人也许深知。他是越南的末代皇帝保大，在大叻有他的行宫，说是行宫，其实几乎成了一个时期的行政小中心，因为"二战"期间大叻曾经是印度支那联邦的首都。行宫在疯屋南边不远的小山坡上，烟雾迷蒙间麋鹿和马群仍然在其猎苑中吃草，走近了才发现那也是雕塑。这个行宫如许寂寞，堪比远方顺化的故宫……远方？软禁在此的末代皇帝对远方的概念该是如何？他的挣扎如同近代越南命运的挣扎，各大国虎视眈眈，借此敌彼其实是拆东墙补西墙。他宣布《独立宣言》，重立越南帝国，退位，直到就任临时中央政府元首，都不过是一场场傀儡戏，他丝毫不能左右自己命运，最后历史只留存了他精心撰就的一句下台词："愿为独立国之民，不作奴隶帝王。"

行宫不大，却有一个小迷宫的感觉——或者小囚房。末代南芳皇后、曾经的选美冠军阮友兰的一幅小刺绣肖像，选色竟馥郁如高更的大溪地女子，暧昧的笑靥也仿佛熟知天堂之美与人世之荒诞，然而右边对皇后寝室的解说词道出了她一生的醋意，左边对皇帝寝室的解说词甚至流露了此间皇帝与另一个女子的风流韵事。寂寞何其大哉！这卿卿我我之间的透心凉、红尘不染的奈何天。行宫之名，就注定了草促之戏的上演。

这现实，便是大叻最后的魔幻。仍是历史在梦魇时的一声呢喃。

美山

我们在废墟上修建废墟
像培育一株植物，不知名、不知属。
果子结了佛像，断了首
向黑压压的轰炸机，举起一捧笑
黄如最富饶的一翻泥土。
而我是雕刻了往生图之底座，
也是石头花茎，高处的沉重飞旋的序。
然后牵一头白牛走过，走过
你的家门、你的池，咀嚼你的莲华。
善哉，你手指处是无说话的残缺：
天空也颓圮，一座大寺
美山美山，水漱，我的齿落。

这是几天后我在岘港返回河内火车上所写，美山是世界最大的占婆遗迹，位于越南会安附近，越战时被美国轰炸机炸毁大半。然而她朴素的美犹在，国破山河犹在，越南犹在，你我犹在。

二〇〇八年

在哈尔滨过年

从小,哈尔滨这个城市在我这个南方人的词典中,一直意味着"远东",混杂着"俄国老毛子"和"关东浪人"这样的十九世纪冒险色彩。直到一个哈尔滨人成为我的妻子,我才和哈尔滨发生了一年一度的联系——回家过年。对于香港人来说,哈尔滨太遥远了,有朋友竟然问我妻子:"哈尔滨到底是在中国还是外国呢?"

现在我就在这中国黑龙江省的省会哈尔滨等待过年,我有幸在"春运"(春节期间的交通运输)最高潮前离开北京到达哈尔滨,当然我是没有办法买到宝贵的火车票的——打算和我一起去哈尔滨的香港朋友在北京火车站售票厅排队,和数千人一起挤了三个小时后被告知所有车票售罄,于是我们只好买了全价的飞机票。

在中国,"春运"绝对是一个令人恐惧的词,随着经济疾速发展、人口流动汹涌,基本的交通服务已经越来越难以负荷春节期间回乡的人们,再加上天灾添乱,今年的春运也变成了最大的灾难。千万民工是没有办法买得起昂贵的飞机票的,也没有人际关系买到火车票,他们只好买张站票挤十几二十小时回家,甚至至今滞留混乱不堪的火车站。

今年的中央电视台"春节联欢晚会"彩排闹了个大笑话,内地著名女高音宋祖英唱完《绿色的田野》之后,主持人董卿上台说每年必说的套话:"现在全国人民都在欢度春节,北方一片雪花飘舞,南方则是春意盎然。"现场观众一片哗然——中国人都知道这个月南方暴雪成灾,雪灾地区铁路公路运输几乎瘫痪、电力和物资供应困难。

不但南方没有春意盎然,北方也没有雪花飘舞。今年气候反常,连哈尔滨这样的极北城市也是暖冬,和我一起来到哈尔滨的香港朋友已经失望而返,只有每年一度倾力打造的冰灯展稍为安慰了他们的雪国想象。即使没有瑞雪,哈尔滨还是一片喜庆热闹气氛,就像中国大多数的二线城市(省会等大中型城市)一样,其繁华超出外人的想象,香港朋友一再为哈尔滨中央大街的商场华灯及其内里的物价而咋舌。

四海之内都在歌舞升平,哈尔滨也当然如此。这个城市还保存着中国最多的教堂建筑,多是俄罗斯人或犹太人留下来的,还有更多的俄国殖民地色彩建筑,这点大大满足了香港人爱好的异国情调,香港朋友第一天住在前犹太会馆改建的招待所,过两天又搬去了拥有全国最古老的欧式电梯的老旅馆。旅馆外面,就是著名的中央大街,一百年前的铺石马路、一百年前的俄罗斯餐厅、萧红居住过的马迭尔宾馆,接着我还带他们去了中国最古老的电影院之一:位于哈尔滨南岗区的亚细亚电影院,对于这两个从事独立电影制作的朋友而言,也不失为一次朝圣。虽然亚细亚电影院,现在只放映港产片,和上演东北通俗节目二人转。

但是我和妻子有我们隐秘的哈尔滨，比如说：老道外，那里是我一个持续拍摄的生活聚落，今年我也带领香港朋友去"历险"。二〇〇二年我第一次去哈尔滨，就被道外区这个"异境"迷住了。首先我的着迷是感官性和想象性的，因为这里古怪的建筑令我想到艾舍尔的拓扑学版画和博尔赫斯的迷宫。一个个层叠回旋的"圈楼"，本身就有复杂的结构，再加上草根人民的想象力，令它再淤生出许多超现实主义的细节。然后我才知道了它的历史。原来道外是建国前哈尔滨著名的风化区，尤其其中的十六道街和桃花巷，更是妓院最集中之地，就如北京的八大胡同。于是它的建筑风格也能得到很好的解释，性工作者需要群居，于是便有内包围式的圈楼；但又需要单独做生意，就有了各自展览自己的阳台、倚栏，甚至单独的楼梯。

而最终吸引我开始持续拍摄这一题材的，还是道外区的现状。现在的道外老区，因为房租便宜，外来打工者和做小买卖的人都喜欢住在这，本地居民也多是低收入阶层，对生存环境"无为而治"。哈尔滨人提到道外会皱眉头，我却喜欢这种火辣辣的原始活力。当然，道外的原居民并不喜欢住这些破旧的"迷楼"，见到摄影的我们，便以为是来调查危楼的，总要问一句什么时候拆迁？这次来到道外，发现最古老的二道街已经被建筑商的幕布重重包围——这马上让我想起香港的利东街和曾经的皇后码头。道外已经开始重建，透过幕布和铁墙窥看进去，一个崭新的假古董正在打造中。邻近的三道街、四道街等一片萧条，零落的居民都在翘首等待拆迁，并无多少新年气氛。

其实新年气氛一直属于道里区和新开发区，后者的奢华程度可比香港。中国的M型贫富悬殊结构在哈尔滨一如在所有二线城市中存在得尤为明显，不过东北人爱热闹，各个阶层的人都会尽力过一个丰盛的年，吃喝玩乐，最好再各花一百五十元入场费到松花江上看"冰雪大世界"的冰灯和到太阳岛看雪雕。但如果要在哈尔滨寻找冷静的冬天，我们还有另类的选择，就是去探访哈尔滨的诗人，比如桑克和张曙光。他们可能是中国写雪最多的诗人。他们的生活与哈尔滨的城市气质大相径庭：桑克原住圣伊维尔教堂旁边现住极乐寺侧，埋首写作长篇自传体小说并保持每年最少七十首诗的产量；张曙光在黑龙江大学教授文学，写诗同时重新翻译了巨著《神曲》——在这个热闹的城市，这需要多大的寂寞的耐心。

我的妻子曹疏影也是在这个雪国长大的诗人，她经常向我讲述她童年的冬天、寂寞的节庆——那是属于遥远的八十年代的童年，在那个八十年代甚至九十年代初的中国，一切都貌似没有现在那么喧嚣，雪也好像比现在的雪更干净，是让人纯洁的"清雪"，就像她《新年》一诗所写：

  新年庆典结束
  所有少年跑出来
  积雪仍旧闪烁
  清雪又下起

我来到马路对面的公车站

那一年我十四岁

所有语言都是新鲜的

世界如同公交车在雪地上也能辨认方向

只要愿意,我还可以双脚轮换

滑行着回家

把无论什么车辙甩在身后

就是那样的那一天

没有什么不是容易起驶,乐于暂停

那一天我喜欢祈使句,它就是杏黄色的

那一天没有风,清雪就又下起

松花江的冰层下,跳动着数不清的鱼

二〇〇八年

夜四环之声

半夜，我和颜峻去四环上记录它的声音，和寂静。我们去到这些地方：安慧桥、望和桥、四元桥、霄云桥、展春桥……他在录下载重大卡车轰隆而过的音乐，我拍摄的，是车到来前、车过去后那广阔的寂静，寂静的光和影、寂静的交通结构、寂静的北京边缘之夜。

我们想起的是东四环红领巾桥。很七十年代的名字。我刚到北京的那一年就住在红领巾桥外十里堡农民日报社大院里，而颜峻住在马路对面，晨光家园。我写过这样的诗句："星星却常是我激荡的盛宴——我走四环，出红领巾桥，车头与磅礴的晨光迎面撞上。"那是我们那年常有的共同经验：彻夜音乐后凌晨一起打车回家，晨光微露马上就盛大起来，夜和日仿佛就以此为分界，音乐迅速转换成为北京巨大的公共建筑，成为无法理喻的空间想象，因为其无法理喻，它又再成为音乐。

以上是题外话罢，我们那时分享的除了诗、歌、出租车费，更多的是晚上失眠时四环路上传来的车声。这已经成了颜峻的情结。某次回答一个外国媒体的问题："你最喜欢的北京的声音是什么？"答曰："四环路上的卡车声。"而我的回答还要过分一点，就是坐在空荡荡的末班

公共汽车（比如说，三〇二路）冲进一个长长的桥底下那一霎，潮水仿佛一下子从洞开的车窗涌至、灌满，连老汽车地板上铺的木条都像是在低压中蜂鸣，那一霎我只能想到海。

空车、煤车、沙石车、小垃圾车，它们都有不同的歌唱方法，而四环是巨大的共鸣腔。吸引颜峻的是声音，我更迷恋这声音的载体。比如说在霄云桥过去的一个旋转处，仿佛美国公路电影的神秘出口，巨大的两壁上升和延伸着，一闪而过的汽车和人都仿如无物，只有遥远的一盏路灯，它流出的光线泻下于每个块面的边缘，像它们自身发散出来的……

六环相套的形状，就像老宣传画中发射塔发出的一圈圈电波，最里圈的沉静有时叫人悚然。历史告诉我们，这沉静往往饱含机锋，悸动一触即发，但当然更美妙的是能忘记一切、误入百花深处胡同、见幽魂相呼。二环到三环、三环到四环，一切都渐渐规整起来，"现代化"的有序教人"安心"，人间气渐渐氤氲，如有未熄的霓虹，在丛丛回旋处便不至于迷路。但四环外，多歧路，仍然有尚未开发的工地、废林，挖开的地表，裸露的管道，半堵断墙，墙上都是抗议地产商迫迁的海报……一个个意外的空间，以四环为分界线。五环过于实在，六环则渺茫不可想象——就像卡夫卡《万里长城建造时》里信使的声音，皇都的界限是含混的，到那里，说和听都没有意义了。

所以最后，我们还是回到四环来，打开快门和采音器。缓慢地，四环路又围绕着我们继续它的转动，漆黑得像水中的盘石，经过长期曝光后竟然打磨出了红色和金色的质感。

二〇〇五年

占领蒙克

在后资本主义世界旅行,常常慨叹许多优美胜地都已被有钱人或者大机构所霸占,流浪的青年只能到此一游,甚至只有看的份儿,而且这世界上很多人连住的地方都没有,因为世界被一部分人霸占了,你必须向他们分期付款购买你的立足之地——而借高利贷给你的,也是他们家的亲戚。

八年前第一次去云南,昆明、大理、丽江、迪庆……转了一大圈。风光扑面而来,常常是一转弯便是一大开敞:原野跌宕、山水铺张,同行者二人,其中之一稍有商人头脑,每到一处这种挂历式风景,便忍不住慨叹:"这里太适合发展成高尔夫球场了!"另一同行者为资深NGO自然保护家,愤而谴责之:"大自然岂是你们这样的人独占的!"此言极对,有的人是真心爱这种运动,但有的人爱的是其附加意义,潜意识就是把他们对金钱、物质的占有欲扩展到对自然土地上去,通过圈地,把碍眼的城市、贫穷和社会问题隔离在外,同时又享受着空阔的美景和"文明"的器具,在他们那里,高尔夫作为一种运动已经变质。

自然保护家的担忧竟然成真,迪庆早已变成了"香格里拉",而玉龙雪山上真的建成了高尔夫球场！这是最近我无聊翻看一本《高尔夫世界》杂志才知道的。同期刊物还有去南美小国打黑夜高尔夫球的推荐，第三世界国家都在变卖自己的所有资源。我难以想象如果我在玉龙雪山上极目远眺，看见一群人穿着名牌球衣、带着稚龄球童、把一个小白球在崇山峻岭之间打来打去……那是多么煞风景的景象。

我知道一个以其人之道还其人之身，对付霸占的办法，由六十年代的意大利信奉解放神学的神父们发明：他们帮助意大利的穷人、流浪汉、青年艺术家进占那些富豪们闲置不住的大宅、别墅。后来发展到英法德等地，即成著名的占屋行动。既然你占了我的风光、大自然，我占你两间房子又咋的？二〇〇四年我去巴黎，仍然看到这运动的余波，许多艺术青年、摇滚乐队还在理直气壮地占领城里的空屋，占了一间被政府赶出来又去占领另一间。可惜我不惯集体生活，租住在附近的一个小阁楼里，听着隐约的摇滚乐声，想象他们的快乐。

后来又知道在柏林有许多KOMMUN，也就是"公社"：一群人同住一栋屋子里，共享厨房、浴室、客厅，很有六十年代嬉皮士精神，他们还发起VOKUE运动，即"大众厨房"，由几个人轮流做菜，在某些地方以极低廉的价钱与大家分享，菜的原料基本都是附近的超市处理的即将过期或刚刚过期但完全可以食用的食品。

最后在奥斯陆，我才终于真正体验了这种占领和公社生活。一

天当车子绕过ST.OLAVS大街和PILSTREDET大街的拐角处，赫然发现前面一间老房子的南墙上涂鸦着一幅巨大的蒙克"呐喊"！起码有六米高，强烈的黑白木刻风格比原作还震撼。原来这里就是著名的Blitz，一个被奥斯陆青年朋克、无政府主义者和艺术家们占领的"基地"。我认识的一个挪威艺术家向我介绍："Blitz是奥斯陆自治的反主流文化中心。二十年来，Blitz一直反抗压迫、政府控制、文化商品化。Blitz开展了大量政治和反主流文化活动。从星期一到星期五的上午十二时至下午六时，这里的咖啡馆都开放，提供全奥斯陆最便宜和上乘的饮品及素食，一杯咖啡只卖五克朗，而且在星期天，Blitz里的Food Not Bombs餐厅由下午五点起提供免费素食。Blitz还有许多音乐演出和锐舞派对，演出的都是地下艺术家，门票也非常便宜。"

　　Blitz的风格很激进，绕到它的正面会发现两幅巨大的涂鸦：一个是关于一九六八年巴黎学生运动的，画的是学生们向远方投掷燃烧弹；另一个是巴解组织青年战士的侧面像。而抬头就会发现顶楼插满了黑红双色的旗帜——象征了无政府主义和共产主义的联合。据挪威的艺术家朋友说，Blitz本来是一所著名的老房子，蒙克曾经在这里生活和创作，二十年前奥斯陆的朋克和艺术家们就把这里占领了，其间政府多次想收回，派出警察进攻，但都被占领者击退，警察们也不敢大动干戈，因为这里毕竟是蒙克故居啊，万一烧毁了或者撞烂了怎么办？在Blitz的北面还有攻防战的遗迹：专业架设的铁丝网，网上却挂满了丝袜和破裤子，真是对暴力的嘲讽。

大家不要被它的激进吓坏，实际上这里的朋克们都很善良很正义，首先到处都是反对纳粹的标志（在北欧最恐怖的就是他们的新纳粹分子），Blitz内部的涂鸦也很温馨有趣，最漂亮的是一对甜蜜的同性恋者的画像，两个人脸上都红扑扑的，又陶醉又不好意思。我那天邀请了许多小朋克出来做蒙克"呐喊"状拍摄，他们都很害羞，纯朴的笑脸怎么也做不出蒙克的惶恐样子，和他们的奇装异服更是形成巨大反差。

像Blitz那样的场所在奥斯陆还有，其中一处也是意外发现的，后来才知道它是官方已经认可的"青年艺术中心"。那天驾车路过发现它旁边的空地除了涂鸦还有一个巨大的UFO"飞碟"，看来是一个后现代雕塑，于是下车拍摄，然后才发现这位于Brenneriveien和Vestre Elvebakke两街之间的建筑群是藏龙卧虎之地，无数的音乐家、独立导演和画家在这里有自己的一间小小的工作室，有的凭空而设，下面就是Akerselva河的潺潺流水。每间工作室每个月只象征式收取几百块租金——在挪威那还不够交电费的，如果是十八岁以下的艺术家则更便宜——所以奥斯陆大多数的少年乐队都在此。在建筑群的最高处也插着一面黑旗，而墙上的巨幅涂鸦据说几天一换，因为城里的涂鸦手实在太多了，这里是他们合法的比武场地。

看了这些场所，我有个强烈的想法：在中国内地的大城市城里城郊、在香港的旧工业区，也都有很多空置的大宅和烂尾楼，也有许多没钱交房租、还按揭的年青人／艺术家,这两者发生点化学反应将会很有意思。但当然,这是不会被允许的,他们只能勉强接受七九八这样的艺术样板房。

二〇〇六年

五月之王
——写给 李铁桥,也写给POING乐队,纪念我们在奥斯陆的劳动节朗诵

这是你一个人在深秋劈柴的挪威
在无名岛上挥舞斧子,
像挥舞萨克斯(和上面的虹彩);
这是你一个人在奥斯陆北区冒雨骑行
的梦境——时而无声,时而尖厉。

仍是昨日的黑帽子、昨日的亢奋、昨日
反纳粹的标志。这是你一个人
向自己的回忆振臂抗议的挪威,
没有一个潘神替你收拾散落的细木,
更没有中国仙女替你收拾倏然飞去的火。

然而我们仍能举着火把在极夜中
大步流星走来,仍能在五月一日
赞美我们每个人的劳作:诗句、即兴音乐、

低音线与铜管火花四溅的华彩。

就像四十年前,金斯堡在布拉格,

我们用汉语和挪威语、俄语合奏

国际歌,而不是国歌,只有你仍吹出

"最危险的时候!"这是你一个人在河水上

用毛笔誊抄的歌词;这是我一个人

在峡湾被回旋的海鸥们用哀鸣加持——

五月之王!我们身后一个嗓子沙哑的祖国

命令我们歌唱,就像克格勃命令

金斯堡噤声。驱逐出境——

五月之王——在奥斯陆我们走过多少具

烈士一样子立的国王塑像,它们知道一个王

如果不远行王冠上就会落满鸟粪。

二〇〇六年五月八日

二道桥的一个下午

在乌鲁木齐的最后一天,我终于去了二道桥,去了二道桥,没进大巴扎。

为一本旅游杂志做"丝绸之路"专题的摄影,寻找全球化时代文化臆想中的"丝路风情",当然是徒劳,一路的风光都是旅游业安排好的,除了不和旅游业妥协的荒凉戈壁、孤清祁连,打动我的不多。也许是目睹一路人造景观的种种难堪,我按快门的手指越来越不爽,快门越来越难以按下。

到了乌鲁木齐,当然不是一个符合外地人"新疆想象"的首府,车子在市区里走,竟让我想到北京,想到中国任一个省级城市,完全一样的面貌,甚至有的地方更新一些、更"东方"而不是西北一些。我满意于我看到了真实的中国之一隅,然而我还想寻找另一个乌鲁木齐。当然,我得去二道桥。

这里富有"民族风情",这不在话下,重要的是它是完全在地的、现实的,社区生态在一个简单的构架之上自如地生成——至少我所目睹

的部分如此。穿着异族斑斓服饰的人穿梭往来——他们穿得那么漂亮只是为了自己高兴，并不是为了游客的目光，这种自如，在所谓的旅游景点当然是看不到的。这里的人是真实的活生生的，这里的美也是真实的美，而且一个小擦鞋童和一个盛装约会的少女，他们的美是一样的，源自他们真实的生活。

二道桥的一个下午，我也和那些莫名兴奋的小男孩们一样游荡在大街左右，伺机偷拍——说是偷拍，其实很多人都发现了我的镜头，但他们都坦然面对。有一群聚集的擦鞋童，其中一个发现了我的镜头然后向我伸出了中指，但我猜他只是开玩笑，并不知道那手势的含义，因为他一直保持着微笑，我也保持着微笑。人们闹腾腾来去、过马路、吃小吃、掂量新馕的"成色"、喝泡着冰的酸奶、七嘴八舌说我听不懂的话……他们通过这样把一个社区的热力传递给我。

当我感到这股热力，我才相信我拍下了这些人，否则都是假象。我去了二道桥，没进大巴扎，在巴扎外面拍到了最有趣的一个男人，他卖他的大衣——竟至于把七件大衣全部穿在身上——让我想起小时候看的童话中那个"一巴掌打死七个"，他在闹市中泰然自若，骄傲于他的大衣们，神气非常。

二〇〇六年

西行绝句
——致亡友

1

这里是谁的长安？在北京
一箭之遥偷偷繁荣，借风洗钱。
我打开残卷，操着方言，费劲地向西安人描述长安，
理解我的只有玄奘：背篓空空，斜打锡杖向天。

注：六月十四、十五日游西安，其繁华令人诧异。

2

铁汁铸了秦岭，而渭水独伤心
成就了文字滔滔。不可解的，我饱读老杜百首
秦州诗，仍然赤贫。月色是饥饿的，而褴褛的云

仍要在战火再熏黑天前翻越岣岣群岭。

注：六月十六日抵天水，火车上观秦岭、渭河，夜于酒店读杜甫秦州杂咏，翌日游杜诗曾赋之南郭寺。

3

空拳放倒高坡，在佛的低处，旅游业翻身，
他们才是真的孙悟空，行方便与牛魔王，
在麦积山，他们把佛的黑脸也委与文化大革命；
那彩脸呢？就说是我吧，我的欢喜委与猪悟能。

注：六月十七日游麦积山石窟，部分佛像颜色因为化学反应变黑，导游竟说是"文化大革命"红卫兵所为。

4

夜宿天水，读杜诗。友人仍在雪山郁结处劈柴，
弟弟仍在岭南，打翻我的新墨。啊，岭南，
今夜我向西望见你的蜃景。露从黄土深处是否

仍能透出白？渭水涸盈，仍赞美了无情。

注：杜甫秦州杂咏有句"清渭无情极，愁时独向东"、"露从今夜白，月是故乡明"。

5

黄河难于无情，早已没有冰塞川，
她被沿途的孩子榨干，但源头汹涌如春。
黄河谣只有离开了兰州的人在唱，而唱的人
死于北京。我在铁桥对面，突然拔出了他的惘然剑。

注：六月十七日夜抵兰州，反复想起来自兰州的野孩子乐队曾歌之"黄河谣"。

6

兴建中的312国道，在荒芜上快速地盘结出许多错误，
荒芜敞开着，宽容了我们如驼草般跳蹦；
我往酒泉，差点去了西宁；我远征武威——

臆度中的故乡，却成了凉州出发的未归人。

注：六月十八日走三一二国道出兰州奔西，首站武威，族谱有记，我祖源出于武威。

7

谁是未归人？阴铿，李益？姓廖的某个信使？
出了凉州城门便东奔，把西凉王的书信
当作鬼符，一把火烧于秦川驿站。
我再次向武威人表明身份，但他们不在乎，不搜我身。

注：阴铿、李益均为古武威出身诗人，但终身未返武威。凉州，武威古称。

8

三一二国道仍是错误，让祁连山一直悬浮
如海市，修路工都像西域苦行僧，向空中沾盐
取来苦海汹涌。我也啃咬一口，在山丹

新长城挖破汉、明长城,终成死城。

注:三一二国道仍在修建中,其中山丹一段与古长城相交,截断后者。

9

焉支无颜色,祁连有颜色吗?它消失于雨
一滴重于河西千里盐碱。山海不是关,
嘉峪有关吗?我巡城点起了烽火无人信,
春风不度,恶鬼风、饕餮风能度我吗!!

注:六月十八日过武威、永昌、张掖诸郡,子夜抵酒泉,十九日上午登嘉峪关。

10

燕鸣啾啾,人哭匆匆,从酒泉到敦煌,
燕鸣啾啾,多少未安魂!嘉峪一角、
锁阳一城、鸣沙一山!燕子凄声前后,

我知道沙砾蚀干了雨,而你征袍不干!

注:六月十九日下午走野路赴敦煌,一路多盐碱地、古战场。

11

彻夜我梦见大沙丘悉悉移过
敦煌山庄仿古华屋,没我顶,镇我影……
翌日我立月牙泉畔不敢自照;翌日我入莫高窟
不敢听鬼神争吵;翌日我更梦秦淮,群舟饰彩、竞渡……

注:六月二十日游敦煌鸣沙山、莫高窟,夜至柳园坐火车去吐鲁番,一路迷梦连连。

12

满窟鬼神静寂,连雷公,也不使羽书驰,
当年今日,有人死一个风风火火的死。紧急!紧急!
列仙请张伞、请慈目、请敛眉:有游魂不羁过此。
是夜我含枚西犯,你是否仍披冰甲,东航去?

二〇〇六年六月二十六日终稿于香港

安静地歌唱九十年代

走过爱丁堡一家废弃教堂门前,突然遇见有人在歌唱九十年代——毋宁说,突然遇见了自己的九十年代。和十五年前的我一个模样:旧衣、长发、木吉他、手鼓,介乎于流浪者和艺术家之间的年轻时代,他们自娱自乐,唱着木吉他版本的"Smells Like Teen Spirit"。距离他们寸步之遥就是著名的爱丁堡艺术节,人们用自己的表演换取荣誉、金钱或者狂欢,但是他们不,他们的歌声低沉接近乌有,甚至他们的狗都被催眠睡着了。

在中国,这样的在热闹中追寻沉静的Grunge青年都已经很少见,我的感动一下把我拽回十多年前。八十年代最后一年的高潮,揭示出了它全部的戏剧性,然后,九十年代我们突然噤声。安静是那个年代最初和最后的表征,期间有人默默捞钱,有人默默去国,有人默默写诗,有人默默摇滚。对,摇滚也安静,对于一个现在的音乐"后青年"来说,九十年代的代表作当然是Grunge——连辞典也这么解释:"1.(九十年代早期在青年人中间流行的)'脏乱'衣着时尚;2.(九十年代早期流行的)嘈杂音乐"——这每一代都有的、突然爆发的反叛时尚,在九十年代却只辉煌了一两年。Grunge的代表是Nirvana,Nirvana的代表是Kurt Cobain,Kurt Cobain的代表作就是"Smells Like Teen Spirit"——曾被翻译为"少年心气",这都是七零后文青众所周知的。然后,他在一九九四年四月八日自杀,这是七〇后震慑至无言的一刻,正如我的同代人诗人韩博写的:"四月八日,死去的鱼都知道飞翔。"

九十年代的我们仿佛就在那一刻突然成熟起来,获得了我们这一代人的精神特质。稍后的一九九七、一九九八年,互联网正式进入我们的生活,七〇后的我们理所当然成为其中的先锋——六〇后和八〇后也杂沓其间,但是他们和我们有太大的不同:六〇后虽然是他们出生的年代之荒诞的奋勇反抗者,然而他们已经不可避免地被染上那个时代的狂热与江湖习气;八〇后自信满满,却变成了时代精神最完美的消费对象,自诩游戏的一代,忘记了在游戏中多出色的玩家也最终被玩弄。

我们因为在八十年代末和九十年代初巨大的阴影下走过,一身染遍了沉默与警觉的气质。互联网带给我们的,不是一个窥秘和发泄剩余青春的窗口,也不是代替惨淡现实的虚拟乐园,而更多是一个理性的工具,我们在其中与现实博弈,含枚夜行。安静中,我们又听见了Kurt Cobain沙哑的歌唱,那是上一个千年的最后一夜,它给出自己全部的勇气,尝试帮助我们踏入未来这个更为可怕的千年。

"在爱丁堡,死去的鱼都知道飞翔"我突然这样想,然后巡游的队列一哄而至,我的年轻时代旋即在人流中隐身。

二〇〇八年

寄梦中的阿兰·罗伯-格里耶

> 我喜欢中国南方。我愿意在梦中去那里漫游,坐在一头懒洋洋的黑色水牛上,它最后完全睡着了,而它那梦游者般的沉重、缓慢、颠簸着的移动却没有中断。不久,它也进入了梦中……
>
> ……我设想,在市中心一条拥挤的街巷里,广州的女大学生在一家小餐馆的桌旁读《幽会的房子》,甚至,为什么不,少年骑在水田中央的黑色水牛上,辨认亨利·德·科兰特伯爵在布罗塞利安德森林,在布列塔尼,在世界另一头的骑士式的冒险……
>
> ——阿兰·罗伯-格里耶《致读者》一九九八年四月二十三日

我骑在水田中央的黑色水牛上,那是一九八三年或者一九八五年的某个夏天,我的小腿感觉到牛腹的温热,被阳光晒得干硬的黑毛刺着我的脚踝,而我的脚板底,隐约能享受到牛蹄翻犁的泥巴中冉冉升起的凉气。我在做梦,梦见巨大的玫瑰在天空中像万花筒一样一朵接一朵无

穷尽地开放。那一年我在一本残破的《世界电影》中读到了《玫瑰的名字》，或者《去年在马里昂巴德》……我八岁或者十岁，心愿做一个细密画画家。

水牛在荔枝树下栖息，我跳进水田边的池塘，撞到许多赤裸的身躯，男孩们毫不遮掩自己尚未发育的阴茎，教它们唱歌。我闭着眼睛在水中乱蹬，银色的光、气泡在深水中蜂拥着，捉住我的手脚，旋即放开……

你是一只水牛，梦游在中国南方，二十多年后。长睫毛，半眯着眼睛，半仰着头微笑，忘记了马里昂巴德的狡黠、整齐地斩去了阴影的法国式庭院。这是你的天堂，没有爱恨、施虐和受虐，没有陷入冷灰中的战争或者和平，没有公爵、间谍或者君王，你终于成为君王，无拘无束，没有一个士兵跟随，你咀嚼着荔枝树叶瓣之间滴漏下来的光斑。

也没有天国或者地狱的荣光。老爷子，你现在终于赤条条了，浓密的胡须如愿爬满你的脸，你用一个假的护照、假的名字、假的小说在世上混了多少年？油漆仿佛血的斑点，终又变成雨水打落干燥的田垄，迅速蒸发掉。

此刻我梦游于"二战"中的苏联前线，少年伊万曾经潜渡的黑暗水域，曳光弹一颗接一颗无穷尽地在天空像万花筒一样开放，可是完全照不亮我冰冷划水的双臂。我的心愿美丽如水中鱼，衔着一把白银做的刀子。

老爷子，让我们沉落到阳光的最深处吧。北非的植物园里，那白衣的黑少女走过午后平静的小径，像走过灵薄狱幽谷之上的悬崖，她宛然自若，无知于我们在谷中睡熟。

二〇〇八年二月二十一日，纪念阿兰·罗伯-格里耶，
一九九八年我们曾在罗湖火车站独处片刻

这一年春天的雷暴不会将我们轻轻放过

> 这一年春天的雷暴
> 不会将我们轻轻放过
> 天堂四周万物生长,天堂也在生长
> 松林茂密
> 生长密不可分
> 留下天堂,秋天肃杀,今年让庄稼挥霍在土地
> 我不收割
> 留下天堂,身临其境
> 秋天歌唱,满脸是家乡灯火:
> 这一年春天的雷暴不会将我们轻轻放过

这是海子的挚友、诗人骆一禾的诗《灿烂平息》,写于一九八九年二月,一个月后,三月二十六日,海子在北京郊外山海关附近卧轨自杀,三个月后,骆一禾心脏病发,五月三十一日抢救无效死亡。"这一年春天的雷暴不会将我们轻轻放过"仿佛诗谶,饱含了不祥,却又暗藏着就义者的骄傲——"今年让庄稼挥霍在土地/我不收割",他们死于一个激烈时代所索求的祭奠,他们是这个渴饮青年之

血的苍老世界需要的无数次牺牲中的一次。

一

诗歌总是乐于成为时代无人听取的预言家，如吊在笼中的卡桑德拉。几乎与《灿烂平息》同时，海子写下"断头台是山脉全部的地方／跟我走吧，抛掷头颅，洒尽热血，黎明／新的一天正在来临"，那些最后日子的诗句总是充满暴烈，"一群群野兽舔着火焰刃／走向没落的河谷尽头／割开血口子。他们会把水变成火的美丽身躯"，暴烈总是迅速转变成美，而反过来又正是这美丽引诱我们无惧暴烈。

春天，十个海子全都复活
在光明的景色中
嘲笑这一个野蛮而悲伤的海子
你这么长久地沉睡到底是为了什么？

《春天，十个海子》是海子遗作之一，我曾经相信他通过这首诗告诉我们：他的死是一次觉醒（决心），之前二十五年是沉睡。关于海子的自杀动机有种种说法：因为爱情、因为修炼气功、因为诗歌界的不理解、因为最后一个浪漫主义诗人对农业文明消亡的抗拒。我却一直执著地相信，他是带着诗歌给予的完满幸福欣然赴死的。而经

过近年我对八十年代精神气质的反复思考，我更觉得海子的死是时代的必然，他成为一代人决绝的精神追求的高度凝聚点，并因此轰然燃烧。日后我们回想起那个纯粹而混乱、饥渴而丰盛、彷徨而一意孤行的时代，必然会想起海子及其诗歌："今天的粮食飞遍了天空／找不到一只饥饿的腹部"——他预言的是我们如今真正的贫瘠。

前些天我住在广州一个朋友空置的家中，反复地想及海子和他的同代人。这个朋友，也是海子时代的人，一九八九年他刚上大学，在北京；十年后他在南方成为文笔尖锐的文化评论家，再十年后的今天他再迁回到北京成为时尚杂志的主笔和前卫音乐节的策划人。我环视着这空屋，仿佛被台风打扫过，仅余一箱尚未搬走的书籍。我检视这些尘封的书籍，惊讶地发现它们大致和我遗留在珠海旧居书架上的书相同：中国社科出版社出版的"外国文学研究资料丛书"、"北大学术讲演丛书"、三联的"新知文库"、"走向未来丛书"、过期的《读书》杂志……这些我于少年时代（他的青年时代）生吞活剥地贪婪吸收的营养，我们出于八十年代遗留的知识饥渴症而疯狂收罗的书籍，而今各自回归各自的寂寞空屋。

我想，他、那一代的幸存者们，可以被称之为海子时代的遗孀，至于我及许多七十年代后半段出生的"同志"，可称为海子时代的遗腹子。我们各自归属时代带给我们的命运，或大道、或歧路、或蹊径、或惘然不知去路，皆痛哭而返。海子时代的遗孀，更多地领悟到绝望的意味，绝地反击、开始收复失地，然而在一路狂奔中频频遭遇似乎不可能的虚空，这虚空迎面而来，因为它植根于你做出选择的姿态，从出发时便无可回避。海子时代的遗腹子，出自弑父情结，曾经在九十年代作出猛烈的反驳，反驳八十年代无可救药的激情，代之以所谓的冷静和理性，殊不知海子的基因早已潜藏我们身体深处，它必须在关键时刻揭竿而起，否则可能会成为病毒。

海子在遗诗之一《黎明》中说："我把天空和大地打扫干干净净／归还给一个陌不相识的人。"我们，还是我们之后的一代，是这干净得荒凉之天地的厚着脸皮的继承者？一九八九年，我尚是一个内地中学的二年级生，直到海子去世两年后才在一个选本中读到他写于一九八六年的一首诗《九月》：

目击众神死亡的草原上野花一片
远在远方的风比远方更远
我的琴声呜咽 泪水全无
我把这远方的远归还草原
一个叫木头 一个叫马尾
我的琴声呜咽 泪水全无

远方只有在死亡中凝聚野花一片
明月如镜 高悬草原 映照千年岁月

我的琴声呜咽 泪水全无

只身打马过草原

在整个九十年代，海子仅凭这一首诗，成为我心目中的诗歌英雄。诚然里面的多种修辞在今天已经成为滥调，正如他更著名的《面朝大海，春暖花开》成为各地房地产广告中的滥调一样，八十年代海子呕心沥血吐出的激情被那么多成长于八九十年代的背叛者轻易地消费着，他们不知道或故意忘记海子还写过神秘的《打钟》、恢宏的《亚洲铜》、沉实的《熟了，麦子》、绝望却豁然的《春天，十个海子》，还有这首极其悲壮辽阔的《九月》。

远方的远必须归还草原，而我们也必须只身打马过此草原。远方的远此刻成为了我们曾一意孤往的精神企望的隐喻，草原也顺理成章成为时代的隐喻吗？给出联系和答案似乎轻而易举，而动身，甚至浴血求证却是多么艰难！这个春天，我多少次听着另一个早逝者张慧生为之谱曲、盲诗人周云蓬演唱的《九月》泪流满面，不惜为旁人和自己嘲笑。这一片干净得荒凉之天地，我们何从下笔？这一年春天的雷暴不曾将我们轻轻放过，何时它成为我们自身的力量，带来更磅礴的风雨？

二十年前，二十五岁的生命，他死得其所，这一个孤绝、愤懑却有足够的硬度去任人歪曲的幽灵，今天前来，以不曾变更的烙印为我们的青春标点。他把石头还给石头，让胜利的胜利，只把青稞归属于青稞自己。

二

"我们每一个人都必然死于自己的心脏"，一九八七年八月骆一禾如此写道，他也有自己的诗谶。一九八九年三月二十六日海子自杀之后，作为海子最信赖的诗友，骆一禾全力投身于海子遗稿的整理之中，并且连接写出了《冲击极限》、《我考虑真正的史诗》、《海子生涯》等泣血深哭的关于海子的文章，在巨大的悲痛和沉重的劳作下，他的身心被剧烈透支。而正巧外界一场浩荡的风暴猛然袭来，作为一个长期在诗歌中思索中国命运的诗人，骆一禾不可能身在其外。一九八九年五月十三日，他（当时是《十月》编辑）因激动亢奋、脑溢血晕倒送院，经多日抢救无效，五月三十一日因脑血管突发性大面积出血于天坛医院去世，年仅二十八岁。六月十日，骆一禾的遗体始得以火化，他和海子的挚友西川扶灵。

在时间的神秘意义上说，他是一代人的渡亡者、率先死去的冥河船夫卡戎。而在整场希腊式悲剧——允许我以那年我正沉迷的《圣斗士星矢》做比喻——里，如果海子是真挚、火热地成为烈士的星矢，那么骆一禾就是高贵、平静地进入死亡的冰河。他以及他那一代的青年知识分子，身上往往混合了青铜圣斗士的向上的底层激情和冰河自身具有的不学而能的贵族气息，两者并不矛盾。前者来自他们出生的六十年代的压抑和贫乏，反而给他们带来不屈的求索欲；后者来自他们长大于其中的八十年代的思想解放热潮，让他们深信精神的高贵可以超越现实、思想的激烈可以为荆棘交缠的中国荒野烧拓出一条血路。

《骆一禾诗全编》上唯一附有的骆一禾的照片，就显示出这种八十年代典型的精神贵族气息，他白衫白裤白鞋，优雅地微笑在没有阴影的阳光中，背后仅有一片钢蓝的天和海。"我不学而能的人性醒觉是紫金冠"，这是骆一禾热爱的前辈诗人昌耀（一九三六年生，二〇〇〇年自杀）的句子，这句话最适合给骆一禾和那一代原始状态的自由知识分子加冕。这光彩灿烂的醒觉完全是被逼出来的！我无法向你形容八十年代的思想爆炸是何等超现实，大量被囫囵吞下的翻译巨著、尖锐的学术论争、汹涌的小说实验、无奇不有的诗歌流派……他们以理性起、走向无从辩驳的非理性，这种形而上层面的亢奋恰恰与形而下肉体的饥饿感所带来的亢奋相应，然而这种精神和走到节骨眼上的中国一擦即着，遂成火的洪流。

这就是燃烧的小宇宙，而背后，就是海。"海"在八十年代后期的中国，是一个无法回避的隐喻，不知道还有多少人记得有那么一部电视剧——在那部神秘地以先知口吻煽动着革新情感的宣传片中，"蓝色文明"、"海洋"等词是作为"黄色文明"、"黄河"等词的对立、强烈地批判着后者的，如今看来当然这里面含有大量简单粗暴的逻辑，上升到纯粹的技术层面来说其实和政府其他的宣传片无异。

"海"也是骆一禾诗歌的一个中心意象，除了他的鸿篇巨制长达一百八十多页的长诗《大海》，海一直以正面形象出现在他的无数短诗中，而《大海》中的海更混杂、更痛苦。这正是骆一禾作为一个诗人有别于上述电视剧宣传者的痛苦。《大海》中的海，其灿烂和透彻来自希腊文明、来自八十年代大家热读的埃利蒂斯和塞弗里斯，但其神秘、冷酷、荒凉却来自中国文明中对海的本能畏惧，《大海》里无数暴烈的神话穿插其中，就像《圣斗士星矢海皇篇》，冰封之海拥挤着烈士们的尸骸。骆一禾的诗中一以贯之对中国农业文明的怀缅态度（其音端正，与来自农村的海子诗歌中偶露的黑暗气息不一样）和他又不得不从理性角度接受的海洋文明撕裂了他，他作为一个热爱革命的庄园贵族却不自知这撕裂。

其实在一九八七年他写及黄河时他已经触及内心的矛盾，从开始的审美化礼赞到结尾的惶惑。"一场革命轻轻掠过的河／美德在灯盏上迟钝地闪耀。"（骆一禾《黄河》）那一代人生涯中惊天动地的革命，对于广大的中国仅仅是"轻轻掠过"，令人绝望的是"美德"仍在闪耀，即便无比迟钝。骆一禾与他那一代的悲哀在于此，而骄傲也在于此，圣斗士的宿命就是理想主义者的宿命，"正是为了那些没有希望的事，我们才获得希望"——本雅明说。那一代人必须承担黄河的愚昧和她同时存在的慈爱，也必须承担海洋的未知之力，痛苦的洗礼迟早要来临，只是没想到还有更黑暗的力量把形而上的痛苦直接导向形而下的残酷。

"我们把青春给了这个世纪／故我们要成为影子。"（骆一禾《世纪》）二十年过去，影子如火焰掩忽明灭，那一刹那燃烧过的小宇宙慢慢成为传说，甚至被犬儒们质疑。骆一禾的诗歌也曾长久的被质疑：这种宏大的悲剧精神和这些高贵纯粹的词汇是否属于谵妄者的幻象？它们和今天野蛮平庸的现实是多么格格不入！

——让我们回去吧，一个时代的绝响，并非诗歌技巧的硬尺所能衡量。斗士之死也许纯属毫无报酬的牺牲，但是这毕竟是牺牲。在骆一禾写于一九八九年五月十一日的遗作之一《壮烈风景》结尾写道："最后来临的晨曦让我们看不见了／让我们进入滚滚的火海"，一代人如果存在盲目，那盲目也来自于他们坚信的晨曦，即便那是火海。

亚洲的灯笼还有什么
亚洲小麦的灯笼
在这围猎之日和守灵之日一尘不染
还有五月的鲜花
还有亚洲的诗人平伏在五月的鲜花
开遍了原野

骆一禾在写下上面这另一首遗作《五月的鲜花》的时候，必然想起了这首我们小时候唱过的歌："五月的鲜花，开遍了原野，鲜花掩盖着志士的鲜血。为了挽救这垂危的民族，他们正顽强地抗战不歇。"死亡历历在目，而此刻，让我们以诗歌守灵。

二〇〇九年夏

北京,春天的醉歌行

二月

"二月,一拿出墨水就痛哭!"帕斯捷尔纳克的这句诗也许太猛烈了,它的另一个译本更为沉痛和委婉:"二月,墨水不够用来痛哭。"但那只是一句误译——就像我的北京,只是我作为一个任性的翻译者一厢情愿的倾注,我令它成为一个墨水不够用来痛哭的满载了忧郁的城市。这里,旁观者充当女像柱。

走在灰暗的大街上,傻瓜裹着草大衣,我的朋友们都患有俄罗斯情结——有时,雪下起来的时候,我们把北京当成了彼得堡:那个留着大胡子的人,是安德烈卢布耶夫;那个每喝必醉的人,是小酒吧里的叶赛宁;那个以一支烟颠倒众生的,想必就是刚从皇村中学毕业的阿赫玛托娃了。而我是谁呢?

托洛茨基或者曼德尔斯塔姆——我仿佛具有逃亡者和被放逐者的双重身份,在刀割的雪原上让黑雪打过我麻木的膝盖。风定雪止时,路边的小饭馆一盏盏亮起它们暗黄的灯,照亮我恍惚的面孔——这我才看见我胡子拉碴的、板结的脸,我原来是自我流亡在"一战"前纸醉金迷的巴黎的没落者——蒲宁。

不,我摇摇头,从塔可夫斯基慢慢融入惨白的天空影像中惊醒。路上踢起初春的尘——一千年前,有一个落第的才子说那是烟。仿佛从一千年后某个唱着《故园风雨》的女子唇中升起的一样。这是中国,北京,杨柳青从荒郊陌巷里仍旧默默渗化,霓虹灯牌破裂,车轮滚转,吆喝声声!

但是我不排斥在南池子旧使馆区,我从人力车油布篷间惊鸿一瞥的,一个白俄女子的惨淡一笑——带着价钱牌的。就像我同样漂泊异乡的红粉姐妹们。虽然我无法一一牵起她们的衣袖。我吹箫,支离疏倚马立成。小姐稍待。

我在回家的路上写着我的《饿乡纪程》和《赤都心史》,一个已经饱经沧桑的女中学生越过我弯曲的双肩偷偷地看。那是在一路长达一个半小时的老公共汽车(三〇二路)上,我也借着动荡的路灯察看我自身——在那动荡的怀抱里我所抱紧的我自己,是一个因为亲吻新来的女教师而被逐出校的三好学生、红衣少年。

我下车、上车,反复不断,于是认识了所谓的"另一个中国",原来她是一个变着花样缝合我的伤口的少女,"你看这一圈花边滚得多漂亮!"可是她的针太利了。灯光下,明明她是写着给奥地利的绝望情书的老女人茨维塔耶娃,她却说自己是阿童木。

阿童木?什么话,日本的小机器人,哦,樱花凋零,我的思绪已经纠缠到东京,那样也不错,浪人的衣衫有着足够的残破。北京就这样隐隐约约地向我远远挥着手,仿佛我是冯乃超——在蒸汽客轮上!哦,我回家了——嘘,我不能高呼,拉开生锈的铁门——我忘了上锁——有没有一个小狐仙悄悄潜入呢?这是原来的那个闻一多中国。

朝阳区一家日报社后面的公寓宿舍,最后一栋的第三层,那一间房子,它租用了我——仅仅用了一屋的黑暗和尘埃密布的空气,附有寂静,并按月交付一封漫长得看不完的情书——没有下款,当我打开我的衣柜,我就会在穿衣镜上发现和信上的墨水一样颜色的唇膏吻印。一个矮个子女人,我比试了一下——她的小门牙刚好咬着我的心。

于是我穿上她穿过的梅花拖鞋,潜入她潜入的淋浴水花中——她就是那个叫做阿童木的小狐仙吧?当我带着一身湿漉漉的仿佛是前生遗留的记忆倒在留有她的余香的床上,我辗转着,于是我梦见了——我以为我梦见了北京,街道胡同突然变得酥软,这时,她喘着气萦绕在我腰上,她没有汗,她是另一个讲了数千年的故事了,关于干戈零落、胡马窥江——一个小女孩嚼红梅饼,那一夜,在北京。

一个高个子女人——那是一九八九年后的她了,我的脖子刚好可以贴上她的耳轮,她在听着我的血沉缓流过的声音吧?冰,昨天还没有融呢,河面上有一些塑料瓶、一些洗去了字迹的书,纠缠在我的枕头侧。有一个人淡淡的呵一口气,隔着早晨的窗户,我看不见她的面孔,她就登登登地跑了。

我追啊,从阳台上起飞,一场轻雪及时的把我零碎的身体扬起。这是北京的冬天最后一场雪了吗?仿如线装书在琉璃厂百无聊赖地散落,我顺着一些清词的字迹胡乱的走,于是又看见她在我的前方——名为希望胡同的寻常巷陌,恍若隔世,这青青燕雁。

"你这是什么章法出的牌?"别雷勃然大怒,红发别雷、光头曼殊、板头阿三,还缺一个呢?帕斯捷尔纳克正在拆阅我冒充曼德斯塔姆从海参崴的来信:"……我扭斗熊十力,在北大某个破网站竟一时被引为笑谈……"二月,墨水……

稍稍的,有点寂静了吧。

三月

三月,并不符合所谓春天的小步舞曲的节奏。有时,它像幸福的来临一般猛烈——三十年前,一个年青诗人写到:"三月是末日"!把芦苇荡里的同龄抒情者吓了一大跳。然而迅速湮没了,就像春水漫卷,我在痛饮,那藏在小提琴侧腹的心,三月。

也许真是末日,一切的快乐、狂欢,一切的阴暗孤绝,跳着探戈来来往往,听女伯爵高声唱咏:"黑死病!黑死病!"我常常枯坐开满深蓝色星星花的斗室之中,任阳光从早到晚,在我空茫的身体上来回摸索它无声的琴键。我飞着把自己发了出去,大甩卖的价钱,你收货吗?那是一片晶莹,那是一串铃声,那是一个优美的嘲讽——那白得耀眼的神经病!

嘘——嘘。小小的童年探头张望,背着风喝完一杯白开水,他已历尽沧桑——开什么玩笑,风在跑着呢,我唱过又跳过了,像一台手风琴,还不能留下风的吻?在旧折页的背面,那莺飞草长的深处?还远着哩,不记得了?当你从异乡返抵另一个异乡,短促的桃花已经谢过了三遍——

我总是在一些"n"尾的拼音前流连忘返,像那橘子恋爱的手风琴,停顿又放纵展开。有时,它像幸福的萌芽一般悠扬慢板。我应该说出吗?那就让我模仿一个老乐师那样喃喃倾诉吧,说:"那是听着《加利福尼亚之梦》拥抱起舞的年华,在床榻的激流中,留下紫红色吻痕,以供遗忘之用的年少轻狂。"又说:"含一片树叶,当然,你是透明的，但你的名字是青色的，是一只狸猫低垂的眼睑。"

　　马车轮子骨碌碌空转，是北京城呢！她扬起了笠帽下的纱巾——那是第几生的尘缘爱劫了……我是一个上京赴考的学生，风剪开了我黑衣的长襟，我飞，那一弯承接埃及曙光的眉毛，我在黑海上空穿越，四天四夜翅膀掠着云雾，没有沾到一滴水！直到她，她扬起了笠帽下的纱巾——

　　在那高轩过，或者华亭下。我背诵先唐诗篇，于是就像得到青睐的小李贺一样洋洋自得。然后消瘦、落榜、扔大量的稿子在被查封了的驴子网页上——突然发觉，那又是一生了！醒来时梅子低垂我的心口，她扬起了笠帽下的纱巾——她笑。她俯身饮用……世界在流荡。她说。她爱。

　　当她说她爱，那就是全部，三月的全部。在云朵阴影下的人们，渐渐荒凉起来。

　　打断了一些离离合合、海誓山盟的只言片语。四月，我对镜自绿。

四月

于是我竟然站在平原的另一角去回忆四月，或者，我牵着白云的衣角，像一个春天的孤儿。我扬着头，手按着被风吹得哗啦啦响的花布衫，傻呼呼地唱："紫地丁花开啦，鸡蛋花开啦，橘子花开啦，油菜花开啦……天上的星星像一群熟睡的娃娃。"天马上黑了下来，白云变成幽蓝色。

这时候，我竟没有低下头说："四月是最残忍的月份。"艾略特也只是想闻到紫丁香潮湿的气味而已，我蹲下身来把我的裤脚卷高——不是因为我已经苍老，而是塞壬们都歌唱了，我要准备被湮没。我竟想渡过这一个杨絮纷纷的忘川。

我的自行车断了线，从黄金般的天空上掉了下来，我还保持着优美的姿势呢——我把双手尽量的张开，五只手指在香风中微微颤动，模仿羽毛在折断之前的弯卷。我在航天桥轻轻一转弯，就滑进了秀水街使馆区，我在秀水街轻轻一转弯，就沉入一个碧绿的深渊——在大平原的一角，我骄傲地跷起了我的后轮。

一片杨絮就把我托起了，我说："笑一笑吧……"我太小声，她听不见；我拼命大声叫唤，像是在哭了，她就一笑。空气波动，来自衣袖深处的迷迭香，我马上被那黑暗吹远，在冰山上空"崩崩崩"地敲我的煤桶，杨絮说："你被四月的艳阳晒黑了，你不属于春天。"

　　车轮空转，一道道光流过、失踪。我走着走着，像把头埋进一件花团簇锦的新娘子嫁衣的怀抱里，便再也找不着她的影子了。大药草花开啦，红红的纸花，老师要给我的剪纸作业表扬。于是一闪，天使长微笑着修剪好了我的翅膀，我微醉，喝光了加利利地方的婚宴上的酒，玛利亚说："还有，还有。"在她俯身倒酒的时候，我看见了她宛若汉白玉的双乳。

　　我应当轻扣着哪一双小鸽子入睡？在这春风沉醉的晚上，像夜深深的花束，看不到身后的树枝。但是在那些舞蹈的人们中，没有人能像你舞步如飞。你从黄浦江畔的小阁楼上探头、踮着脚，就像晨光中镀金的巴普洛娃；但是你又旋转着，卷入我的黑夜，侧身紧贴，这小髋骨、中空的翼架、印第安少年的小腿——月光漫过，我双唇低抿，吹奏这一枝银笛。

　　在岸上，凄迷细雨，我挽不住那远东高唐的一袭青衫，在我的各各它，我和两个善女子同行被闪电劈开的荆棘路。两个锡安女子——一个叫玫瑰，一个叫白雪，大熊啃食着空虚中的自身，她们则坐在巴比伦河畔哭泣：

　　耶路撒冷啊，我若忘掉你，

情愿我的右手忘掉技巧。
耶路撒冷啊，我若忘掉你，
情愿我的舌头贴于上膛。

泪水濡湿，染红了春夜，你又侧身紧贴，额发婉转于我的细舌。当我飞起来，我化作了大熊星座，用一把火烧毁了我森林中的小木屋。我病了，光芒黯淡，流星擦身而过，我又好了，然后坠落在"二战"时的伦敦郊野，对酒吧间那个湿漉漉的美国大兵讲了一个墙与墙之间的谜语。

"这面墙对那面墙说了什么？"

夏天到了，再见！再见！当我坠落，凄怆江潭，小杨絮溶入那疲倦的浪游者的乌黑鸟趾中——刻着一群仙女像——树犹如此，人何以堪！我卷起我的裤脚，用巴比伦的河水洗我趾上埃及的泥沙。

我竟想渡过这一个杨絮纷纷的忘川。在大平原上纵情奔跑，叫唤着记忆中每一只候鸟的名字，不觉泪流满面。

　　　　　二〇〇一年二月五日（获香港中文文学奖散文组季军）

故都夜话

1

（城市汇聚于此，然后消失）

多少鬼魂，最后只剩下一个，
在亭子上喝酒，看下界雾里花叶、
篱落呼灯，如绿蚁新醅，氤氲中浮沉。
她在等，那找不到地址的
是先朝错过了考期的书生。
他抬头，提一笼旧雪借光，夜打门：
是景山，是地安门，还是锣鼓巷？
亭子上的鬼笑了，
"嘘，莫道与他听……"

（城市汇聚于此，然后消失）

2

(我们在此撤离,只留下光)

四千护宫兵马,晨曦中集合
便将远去海岛,一切,永不再。
我是那穿着大号军袍的那个,棉布包着
暖水壶,是我唯一的宝贝。
被布列松摄下。被你遗失。
六十年后你夜夜梦中在此独行,
偌大的故宫,你一人,像黄昏的船,
黄昏的穿堂风,"那些少先队员
越过我,像水,像闪烁的微尘。"
你说。遍园红荷盛开,
我白衣依旧否?
我的宝贝。

(我们在此撤离,只留下光)

3

(这里酒绿灯红,已经是国朝百次盛衰)

我仍记得它衰败时的境况，

恍惚的光从冰面上升起，

冰咀嚼着残叶、逃亡的羽林将军

滑倒的脚。我看见血洇了雪，

春水荡、夏柳飘、秋花落满海……

这也是海？那我便是失魂人了。

我也知道曾有勾连、瓦当、绕梁燕，

"还有一个人儿，唤作花比艳。"

哪年的唱腔？我仍记得

这酒吧林立的后海岸边

曾有一家老字号中国书店，

小人书上画了我的故事，

老太太扫去我身上雪，买走我一念中

那狐仙。

（这里酒绿灯红，已经是国朝百次盛衰）

4

（城北在此打了个死结，忘了解开）

他一次次企图穿过北太平庄

路口人流,不成功,

回了头,尴尬笑一笑。

他戴上了毡帽,背了木吉他、小口琴,

包里还藏了一双绣花鞋,还是

不成功。回了头,尴尬笑一笑。

太平盛世,太平军也曾席卷此地,

长发上,血淋漓。我们却一路浪荡唱去:

铁狮子,莲花落,小西天,盗魂铃……

他半夜掀我被,告诉我一个大秘密,

关于他为何一身湿漉漉,银鱼般白皙。

我谁也不说。

(城北在此打了个死结,忘了解开)

5

(你举之是升平,我却道夜凉彻骨)

此一夜,铃儿响,醉拥红裘;

彼一夜,棋子落无声,

隔壁的琴师,已成隔世魂。

她若能溯剑而上,定能再见他

《黄河谣》中锈掉了一切的河沙。
但只犹豫了一夜,一切就消失了,
三里屯曾经是荒郊中鬼宅,借了十年华灯
现又打回原形。这柄剑我藏了,
明夜挂之空陵。她若能照,
定能窥见云月间,流电惊。

(你举之是升平,我却道夜凉彻骨)

6

(那一年,寂寞在城外乱了阵脚)

义军白将军折戟处,堡垒成了砖砾
任晨光涂抹。某年月日,
我读书于此,有鬼夜访:
"我见你长袍便知你是鲁迅先生,
你不信鬼,可是我就是鬼,你看我
把你彩笔拿去,就留给你大笑三声。"
他的西装革履莫名其妙,
手中还秉着文明棒。
我推开寒窗,大笑三声,表示欢迎,

但我落泪于我并不识这一个无常,

十里堡不建一所绍兴会馆,

我的笑话不能为谁开怀,

我的单衣也承不了这时代的一团乱墨。

(那一年,寂寞在城外乱了阵脚)

二〇〇五年八月二十八日至九月十一日

第二部分

从那不勒斯到安达露西亚

那不勒斯，一只黑犬

那不勒斯是最令我震惊的欧洲城市，它和别的城市都不一样，有时它会让你觉得自己身处南美或者印度，那种混乱或者活力，都是衰老的欧洲所罕见的。

从罗马坐火车到那不勒斯，驶近火车站，视线从远方环抱似的维苏威火山移到下面密匝匝的矮楼房，靠铁轨的阳台上会突然冒出一个冷眼的大妈和你对视。出了火车站，拐进轰鸣的地铁（其间你可能被自动售票机吞掉了你的硬币而无从投诉），这是我坐过最高和最具噪音的地铁——完全就是一列火车，你发现周围全是冷眼大妈一样的面孔，和你紧紧相挨。

为了方便逛南意最大的国家考古博物馆，我选择了它附近一个街区的B&B旅馆入住，走出地铁站没有发现和"考古"、"博物"这些文化气息甚浓的词汇相关的景象，只发现蔓延四周的垃圾：在地上漂泊的，在垃圾桶漫溢出来的。人们或端坐在垃圾间大声聊天，或疾走，这一景象我只有在重庆、大同和哈尔滨的某些街区见识过——当然原因不一样，南意的垃圾处理业被黑帮垄断，已经不止一次造成环

境危机了；但同时我也感觉到一股热力在流涌，这里的人在如此真切地活着，即使你是一个过客也能目睹和接触他们的生活，甚至被劫掠入其中。

小时候因为习画，知道了一种颜色叫那不勒斯黄，并且非常喜欢使用这种清浅透亮得晃眼的明黄，它固定了我心目中对那不勒斯的想象：清朗的、轻轻飘扬的。但后来我又知道了一个词叫做黑手党，也和那不勒斯有关，于是我的那不勒斯黄混合了铅黑色渐渐凝重起来，最后它的颜色就是我现在身处真正的那不勒斯看见的颜色：黄褐色，就像好友马骅的诗写的："有点鲜艳，有点脏。"

也许因为挨近地中海正中，那不勒斯的天气变幻比北部意大利更加无常，雨水时刻倾盆而下，把这种黄褐色洗染得更脏，有的地方你能感到黑色和灰色迫不及待地弥漫出来，盘绕不去。但是在这种略带阴郁的背景前面却是无比繁盛的人潮，这里的男人飙车、角力、自顾自唱歌，时刻摆出水手或资深流氓的姿势以便显得酷酷；这里的女人叉腰、挺胸、浓妆，仿佛随时要来一段花腔女高音；这里的小孩十岁就骑小型摩托以最高速横越街区，身后还带着一个八岁的小弟，他们对你的镜头吐舌，对日本人说NI HAO，对华人说KONG NI CHI WA，但都以最阴阳怪气的语调，他们会控球扭过马路，也会突然一脚把球向你猛踢过来。所有这一切都很彪悍、很张扬，只有老头们无所事事且低调，各各占据路旁水泥墩看报纸，都像野鸽，都像退休教父，能够从帮会里每月领到自己的养老金就很知足了，背部的刺青，就让它随岁月渐渐萎缩、褪色去吧。

四周的老那不勒斯建筑皆俯首沉默，唯有罗马大街VIA ROMA但丁广场上矗立的但丁雕像俯视这一切——生于佛罗伦萨、死于拉文纳的但丁似乎和那不勒斯无关？只记得他老老师荷马在史诗里把那不勒斯西郊外一个地方比作地狱的入口，如此看来，但丁广场正是纪念诗人的预言家角色。在旅游指南上暗示的地狱就是附近的"西班牙区"，均说危险勿进，我走过它的每一个街口，只记得阳台上随风飘的床单如旧蒸汽客轮上的万国旗，无端高挂的铁皮小丑忧伤起舞应和密布的涂鸦——那不勒斯的涂鸦是我见过意大利城市涂鸦水平最高的，西班牙区的又几乎是那不勒斯最高水平，笔触老练、想象力自由、内容辛辣，所以说涂鸦是来源于最草根混乱中滋长的恶之花此言不差，温文尔雅的威尼斯的涂鸦也最文艺腔。西班牙区并不可怕，火车站加里波第广场PIAZZA GARIBALDI西边的类似贫民窟的街区才真正把我镇住了，房子们架床叠屋、捉襟见肘，小贩们见缝插针、螺蛳壳里摆道场，这是魔幻现实主义横行的南美巴拉圭，还是香港庙街、哈尔滨老道外？我的镜头固然热爱这现实繁复如另一朵恶之花，但是我仍然替这里天天上教堂告解、天天给黑社会交保护费、天天看电视听总理贝尔斯科尼吹牛的老百姓悲伤，他们在现世中唯一的出路就是那号称全球最高额的乐透彩票。

少年们的出路也许只有足球，我又看见他、他、他带球扭花躲过虚拟的敌手向前冲刺，我深深祝愿他们能挨近虚拟的禁区争取一个点球。当然还有另一个那不勒斯，比如在大学前的波希米亚区和林立的书店，有那不勒斯当代诗选和安那其运动指南；比如我们入住的旅馆，没有前台，从来没有管理者或打扫的人出现，最后连收钱的人也没有出现；比如我们每天吃的比萨心软、边韧，是全意大利最好吃的；当然还有码头挤满的游艇、游轮，广场上的林宝坚尼，谁也不知道主人是谁。

然而我还迷恋着一个超然其上的那不勒斯，那是远处维苏威火山发散的静力所致。维苏威火山的气势酷似富士山，纵然没有后者的优雅悠远，但威严和古朴均不亚之，关键是处处能见，就如浮世绘《富岳三十六景》，一个城市再如何堕落，只要有这么一座山镇着，就有忏悔的可能性，更何况它是一座活火山，曾经毁灭过辉煌如庞贝那样的大城。当维苏威火山的巨大阴影横亘过蚁群般聚拥的白屋，喧闹的那不勒斯仿佛刹那间安静下来——然后又是暴雨降至，淋漓如天使唱诗。与此同时，越过诺沃古堡CASTAL NUOVO，海湾里我感到大海在撤离，地中海仿佛急于离开此处，没有留下一个海滩给它，只留下历史考古博物馆和庞贝古城里壁画的水幻境，一个消逝的古那不勒斯在里面载浮载沉。而同时，壁画里还藏着春宫、潘神和生殖崇拜，提示着现实生机勃勃的那不勒斯之存在。

那不勒斯的大海送给我们一个意外的礼物，就在它的离岛上。

"离岛"在那不勒斯显得特别的"离",不是那著名的卡布里岛CAPRI和貌似传说的伊色佳岛ISCHIA,而是群岛最小的一个普罗茨达岛PROCIDA。周日午,那不勒斯仿佛雨暂歇,我迫不及待地想要暂时离开这繁盛得令人窒息的城区,就选择了最少游客的普罗茨达,乘快船前往。岛上也是烈风暴雨刚过,旅游书上说那些高低错落的多彩房子依稀都褪色了,我径直登上高处,烈风又起,我急于寻找一个海滩,然而路遇的老人如神仙指路,坚持要我去另一边的峭岩下,说那边风光更好,更BELLA。

穿过一簇簇倚岩次第而下的小房子,到得一溜窄岸,是个小港。雨点又细碎地落下,我走进第一家酒馆外的阳伞下避雨,身边是一辆老式自行车,破铃上还束着白花,顿时觉得这个意象似曾相识——这是一辆我见过的自行车?雨越下越大,我走进酒馆里靠墙坐下,一抬头看墙上照片——那不是诗人聂鲁达吗?他就在一个酷似这小酒馆的门口,俯身向一个瘦高年轻人殷殷教导——《邮差》!我差点叫了出来。一下子电影仿佛在脑中回放:那枯干长长的下山路、那鳞次栉比的渔人屋、那丁零作响的破自行车、写着"VINO E CUCINA"(酒与食物)的木头牌子……向女酒保求证,的确,这里就是电影《邮差》的拍摄地,这伶仃小岛,曾承载了那么蜜又含苦的关于爱情或者诗歌的故事。聂鲁达的《裸体》手抄本挂在墙上,这首诗使电影中的邮差得到了爱情,更多的诗写不下他为抗争而牺牲的生命。

邮差在古时叫信使，在世间传递幸福或者不幸的消息。那不勒斯，或者普罗茨达，你要向我传递什么消息？地中海沉默着，维苏威火山宽容地接纳一切。浪渐大又渐息，夕光中回到那不勒斯港MOLO BEVERELLO，再去到诺沃古堡门前，博物馆闭馆了，凯旋门半掩着，我们在门上发现了一颗破碎的心——应该是"二战"时盟军的炮火所伤，在青铜门上恰恰形成了一个心的形状，披露着后面的木石嶙峋。就在这时我仿佛明白了那不勒斯人的自暴自弃，生活在这座貌似被意大利、被"西方"遗弃的城市，自暴自弃是一个悲伤的立场，营造出那不勒斯的游离之姿，简单地说，它游离了欧洲那一套浪漫美学。

一个孤绝的老头博尔赫斯会喜欢这个那不勒斯的。这些脏水洼和斑驳的墙、增生僭建的建筑、神秘的社会关系，催生另一种野蛮但是魔幻的南意大利美学？而这些色调、气味和剧烈的爱恨就像庞贝废墟的一切残缺，随着时间而圆融。这是拿波里NAPOLI，不是那不勒斯NAPLES！一天早上我为它写了一首诗《拿波里黑童话》，第一句"泥雨连夕，拿波里的一只黑犬／彳亍在托勒多大街"被Google翻译成：Mud rain even before, Naples, a black dog/ Walk slowly in the Toledo Avenue，拿波里，就真的成了一只黑犬，潜行黑夜酸雨中，自由奔突无所畏惧。

光泽,无意慰人
——追念策兰与阿西西

  翁布里亚的夜。
  翁布里亚的夜有寺钟和橄榄叶的银色。
  翁布里亚的夜有你搬来的石头。
  翁布里亚的夜带着石头。

  无声,生命中飘升的,无声。
  装进罐子吧。

  从意大利回国,打开一个月前离开家时正在阅读的《策兰诗选》(孟明译),惊讶地发现德语犹太裔诗人策兰(Paul Celan)在一九五四年写过这么一首《阿西西》,这是开头的两段,一下子把我带回我逗留最久的翁布里亚大省、我最后一个造访的小城阿西西。

  挨近傍晚,翁布里亚的教堂都会钟声阵阵不绝,而阿西西的最动听、悠远。也许是因为那砌成整个小城的粉色石头的缘故,提供了最细腻的回声效果,声音在石头的细纹上蔓延;但也许就因为阿西西是圣方

济（S.Francesco）和圣嘉勒（S.Chiara）之城，这一对倡导彻底清贫的圣者洗礼过的空气分外纯净，钟声熠熠如夕阳的光波荡漾，带着橄榄叶的银色。

而那飘升于生命中的无声，是什么呢？答案要在圣方济和他的追随者身上寻找，城外追逐金钱的人只拥有喧嚣。圣方济大教堂就在小城尽头的一个小坡上，方济的遗愿，是死后将自己埋葬在阿西西一个最为人所轻蔑的地方，那地方被称为"幽冥之丘"，原是罪犯遭处决的地方。封圣后的方济遗体迁葬于此，这里则改称为"天堂之山"。教堂外部是淡玫瑰色与白色相间的素朴，里面却是令人屏息的瑰丽——不能说华丽，它与梵蒂冈、威尼斯的教堂里的奢华远远不一样，我们看到的是一个连一个的内拱，花边集结着颇带东方色彩甚至迷幻的勾连纹样，包裹的却是一片一片纯粹的蓝，因为光线的关系，这蓝愈往里愈深，最里处演变成古奥的圣像壁画，壁画下面沿窄梯再下一层就是圣方济之墓。

嘘，静极。修士、朝圣者和游客都自觉凛然。圣方济之墓是绝对的简陋，一如他青年时代悟道、脱去身上所有华丽衣物一丝不挂地离开家庭，此时他亦是如此彻底地回归到石头之中，石棺外围围着石廊，再围以黑铁。我和妻向来都是无神论者，但我们对圣方济却充满好感，我甚至觉得圣方济的出现使得中世纪日益腐败的天主教得到更新的唯一希望。他倡导彻底贫穷、修士不占有任何财产，仅领粗布连帽长衫一袭，云游化缘四方，就如中国托钵僧一样。其实我们早在电影《玫瑰之名》中见过方济会修士便是如此形象,教皇的使节自辩自己的奢华是为了在世上显示天国的荣耀,修士也不反驳,只默守其贫,是亦君子固穷也——这是"无声,生命中飘升的,无声。"

穿过圣方济路直走向市中心,那里仿佛又回到了更远古的阿西西——基督之前的阿西西,罗马时期的大浴池废墟、罗马帝国守护女神明内瓦的神殿残存的立面,而我们不事稍留,继续向阿西西之巅,罗卡城堡走去。罗卡城堡是当年要塞,如今冷落,并无进去的必要,但城堡四周却是俯瞰翁布里亚平野之渺茫最佳位置,四野的景物聚拢而来。策兰的诗后段有谓:

陶罐。
陶罐,上面嵌着陶工的手。
陶罐,被一个影子的手永远封了口。
陶罐,打上了影子的戳记。

石头,不管你往哪里看,石头。
让那匹灰兽进来吧。

稍加联想,刹那明朗。这坐落于意大利绿色心脏之中心的阿西西古城,莫不像这个陶罐?它与四周山野的关系,就像另一首著名的诗,史蒂文斯(Wallace Stevens)的《坛子轶事》(陈东飙译)所写:

荒野向它升起，

在周围蔓生，不再荒野。

坛子在地面上浑圆

高大，如空气中的一个港口。

此时，即使废墟如罗卡城堡，悲风如平野上游荡之猎猎，也恍惚在古城自身的存在中获得了存在的秩序。更遑论中世纪阿西西那一段血腥历史（它因为效忠教皇而与邻近城邦争战不休），也在这个陶罐中封缄了。而这头"灰兽"也许就象征了这些悲伤的历史——它同样反复发生在策兰的生命中，他二十二岁时父母便死于纳粹集中营、三十四岁时儿子夭折、五十岁时自沉于巴黎塞纳河——它渴求着沉静、安然的石头的接纳。

山坡的另一面不远处，就是和圣方济大教堂一样淡红夹白的圣嘉勒教堂。它和圣方济大教堂的对应，不但是方位和外貌上的，更是感情上的。S.Chiara圣嘉勒——这是官方译名，其实我更愿意译她为圣奇娅拉。我在来阿西西之前写诗一首，里面有句："悲伤属于马背上的琴格，喷泉属于百合 ／ 我属于奇娅拉：风蹓跶于细瓦。"此时风正蹓跶于圣嘉勒教堂的细瓦上。圣奇娅拉原本是一位贵族之女，一二二二年邂逅已出家的圣方济，为之感动而追随他走向清贫修行之路，创立"贫穷修女会"，死后被封为圣女。教堂里存其遗像，状甚温婉、雅静，教堂地下是她的墓葬，比圣方济之墓稍多装饰，而她的遗衣如圣方济的遗衣,上面也结缀着补丁,但是比圣方济的缝得好看——毕竟是女孩子。后世墨客编写的戏剧中,说奇娅拉原本倾心圣方济,后来把对他的爱情升华为宗教之情。固然这带着浪漫主义的一厢情愿,但要这样理解亦无不可,大爱完全应该容纳小爱,因此爱才能"驱动日月星辰"(但丁诗)。

跑不动的兽。
跑不动的兽,在最裸的手播撒的雪中。
跑不动的兽,在一个砰然关闭的词面前。
跑不动的兽,来吃手里的睡眠。

策兰接下来写。令我回想那天站在罗卡城堡俯视白色、玫瑰色的圣嘉勒教堂等等,岂不像点点薄雪遍洒于春野?而这最裸的手也就是最贫穷、不占有的手,是方济和奇娅拉之手,阿西西的大街上有出售玻璃球,球中是雪中的圣方济大教堂,修士们在雪中嬉戏,摇一摇,雪花就遍布了玻璃球里翁布里亚的天空。雪安慰了清贫苦修中的孩子们,雪也安慰了古老的阿西西——跑不动的兽?

但是策兰最后说:

光泽,无意去慰人,光泽。
死者——他们仍在行乞,弗兰茨。

弗兰茨是策兰第一个孩子的德语名字，孩子于出生次日夭折。在西文中，弗兰茨读音与圣方济之名相近。本诗作于一九五四年初，策兰丧子不久。雪的光泽无意安慰人，人却能够从中乞取些微的安慰吗？在最裸的手播撒的雪中，我们仍然寻问着，策兰、阿西西都安慰了我们。而策兰呢？他一生都如灰色的兽在寻问，最后跑不动了，终能在这神秘的手中吃下永恒的睡眠。

他们谈论东方时谈论的是什么

在意大利游历两个月，想不到在最后一站米兰频频遭遇"东方"，但那是一个中国缺席的东方。在米兰的最后一天上午，我们去到当代艺术博物馆，正好是莫奈的《睡莲》特展。"睡莲"二字很东方，但是它的英文名是water lily，既不睡也不莲，更不东方——我迷失在一屋子莫奈的色彩氤氲中，开始琢磨东方问题。莫奈的小睡莲池中仿佛显了世上一切的氤氲，但是氤氲二字亦然非常东方甚至中国，莫奈是偶然在自然中琢磨它出来的。都知道莫奈受日本浮世绘影响甚大，米兰的展览也特意点出这一点，从入口的枯山水到与"睡莲"油画一幅幅并列展出的歌川广重、葛饰北斋的浮世绘，然而浮世绘并不氤氲，它们清朗或者稍带点曲折，幽然甚至诡异，没有中国山水中的氤氲。

莫奈却有，他的世界不断从明媚中回归混沌——这是意大利或者日本都不解的混沌，浮世绘依赖构图和线条，明确如前现代主义摄影，而在莫奈的绘画中，微细笔触和色彩间的过渡已经构成更复杂的构图，这一点，黄宾虹明白！当代欧洲人倒不明白。那暂停的一刻，东方叫做桥，莫奈也倾心于此，西方的桥是用来过的，日本的桥是用来看的，中国的桥却是让人走到桥中央，一时回首不辨南北的。

因此此桥也取消了它沟通的隐喻。在米兰的中午，我们去见一个素未谋面的意大利自由撰稿人，他一直写关于东方艺术的评论，知道我们要来米兰，故约一见。他递上名片，上面竟然有日文片假名注音的他的名字。针对我香港人的身份，他特意点出"國"字在日语里写作"国"，认为这是日本文化清简的一个形象表现，我们告诉他中国简体字也是这样写的，他稍稍吃惊，他肯定不会因此认为如今喧哗的中国文化也崇尚清简。我们谈到日本艺术，他如数家珍，断言我定喜欢荒木经惟，但他不喜欢荒木，因为他"如传统日本人，看而不触摸，荒木则是触摸而不看"。谈及中国，他只赞美中国的饮食，他认为真正的中国在日本；谈及香港，他知道kungtung opera和dem xim（粤剧与点心），并且念念不忘荷里活道的关帝庙。但有一点，他很当代中国，午饭进行到一半，他就突然提出：我们不如合作点什么吧？

不知道为什么斯文如我者，竟被意大利人联想到荒木，也许他并不知道可供比喻的中国摄影师。晚上我们就遇上了荒木。米兰南郊一个电车总站旁的画廊举办了日本当代摄影展，里面有东松照明、杉本博司、森山大道等等日本摄影大师，而展出作品最多的当然是荒木经惟。由一张他和阳子的结婚照开始，展出了他的成名作《感伤之旅》和九十年代的《冬日之旅》，分别是关于和阳子的蜜月旅行以及阳子临死前的记录。看过电影《东京日和》的人都知道，这是荒木最充满爱的两组作品，前者拍摄阳子在小舟上昼眠的一幅，后者拍摄荒木手执阳子插满输液管的手的一幅，都是诠释摄影师与被摄者关系的经典作。而这次展出的最后一幅，荒木和阳子的猫在大雪的阳台上跳跃，摄于阳子葬礼后一日，无比凄清寂寞，所谓"物哀"洋溢其中。策展者没有选择荒木震撼西方人的那些虐恋、性工作者题材，而选择了这么含蓄的两组私摄影，明显地是倾向于肯定"传统日本人，看而不触摸"的那一面。

意料之中的，细江英公刻画唯美与尚武混杂精神（所谓菊花与剑）的《蔷薇刑》、森山大道捕捉日本人阴郁一面的《东京剧场写真帖》等都没有遗漏地占了重要位置。意料不到的，是中国并没有在如此日本的一个展览中缺席，我赫然碰见了宫本隆司拍摄的香港九龙城寨及其废墟，这个香港长期的灰色地带，三教九流混居其中，无论建筑乱象还是社会结构都繁杂如迷宫，没有多少香港摄影师和西方摄影师从艺术角度关注过它，唯有宫本隆司拍摄出了它生如废墟、死如森林的矛盾意象，并从中暗示出广东人那种异常的生命力。

我在当天日记中只记下这一句："想不到在米兰遇见宫本隆司拍摄的九龙城寨，艺术属于日本，展览场地属于意大利，只有废墟属于香港。"当他们谈论东方，关于我们，他们也只能说废墟属于中国吗？我们在废墟中埋藏的奇异种子，也许在他们和我们都全然遗忘的时候才能结果——关于中国文化在西方的被忽略，如果要自我安慰，恐怕只能作如是观。

罗马的无题剧照

到底哪一个罗马才是罗马？在神像的脸上明明是有着凡人的爱欲甚至悲伤，在斗兽场的看客脸上明明有带着众神操纵命运时的任性和漠然，在地铁站里一闪而过，残留在我底片上的少年影像，却属于贝尼尼天使队列中堕落的一员。

然而罗马并不拒绝摄影，相反地，她可能是世界上最乐意被拍摄的一个城市，废墟们固然已经经历数亿次的显影，隐秘的现在也毫不介意在异乡人的镜头中重新构图。罗马人也是最习惯面对镜头的人，不知有意无意，他们即使被"偷拍"也总能摆出最酷的POSE，在地铁门上随意一倚的男人就是一个执政院卫士的优雅，匆匆从电梯上回首一笑的女人是圣火贞女的自傲。

在罗马我继续拍摄我的"无题剧照"，这些来自最世俗的人物仿佛自荐般在我的电影里出演着神奇的角色，"这些高贵浪漫的面孔突然在一个冬日早晨出现了，如往常一样都是在嘉年华会之前。他们出现在屋子前面、咖啡馆的窗口、广场上、火车站里，目光穿透过我们，只要我们去看他们，他们就会活过来。这是神赐予我们这混沌被遗忘的村落的

礼物"。费里尼在和乔瓦尼的对话录里说的这段话，正好是这些无题剧照的注脚。

曾经有三个人引导着我对巴黎的想象：波德莱尔、莫迪亚诺、戈达尔。如今是三个人引导着我对意大利的想象：费里尼、安东尼奥尼、卡尔维诺。费里尼的意大利，在欲望中鼓舞着超脱的快感，在雾中琢磨着温暖的滋味，在马戏团的膨胀大梦中，总有一个小丑皮埃罗醉语诵诗。安东尼奥尼的意大利，犹如在荒凉中捡拾金子，旋转中全不辨世人的去处，最后抬首在夜的无尽迷宫深处，发现明月皓洁如初。卡尔维诺的意大利在层层虚构之中最为真实，文字如古堡的石砖永远难以磨损，然而每个过路人的手印都为它增加了一道神秘的花纹。

当我第二次来到罗马的时候，正是罗马机场的子夜，我在候机楼里迷梦片刻，得到了这样的诗句："四分一秒的梦远航了四十海里／长发泛滥如浪而世界依然碎语／我和费里尼瓜分了旧机场里的浓雨／留下一个老天使，陪伴安东尼奥尼。"这个老天使和我一样游荡在圣俗之间，无意在梦中拉醒罗马那一千个教堂钟的声音。

意大利诗抄（九首）

罗马

七万个天使白天拉升罗马

不让它堕入夜；夜里移动罗马

不让它停息于月光的静波、和钟声中。

钟声中，七万个过路罗马的人在做爱。

魔鬼的爱遁形于帕拉蒂尼山，

今天只是废墟恣肆，阳光野爱。

罗马！我不能为你写一首彼得拉克十四行。

路在散开，罗马行猫步。她在新移民

的脸上重新找到罗马：特鲁米尼

卖短裙的温州姑娘、特莱维喷泉外

卖肥皂泡的开罗人——他下班就脱去法老金装。

我知道他们是克娄巴特拉的遗孤、

神秘守护:九座方尖碑白天钉住了罗马

施加诅咒;夜里涂鸦着罗马

篡改地图,让凌晨的天使找不到掉落的羽毛。

罗马!我只思念着我荒诞的歌队

他们到此追随着斯巴达而亡。

星星的口涎不能止渴,罗马!整整一夜

我只思念着,那个乳下有伤疤的人。

二〇〇九年五月九日于罗马-至五月十二日佩鲁贾

梵蒂冈

我听见一个托钵僧和另一个托钵僧讨价还价

讨论梵蒂冈能否抵押一个里拉

那天我是圣彼得广场上唯一一个喝醉的人

鸽子博士偷偷替我安上了发条翅膀。

我哭泣,我是终生不能站上柱顶的犹大

市声鼎沸,荆棘混同了色拉的罗勒

彼得光滑的铜趾上传来幽香

鸡鸣三响,我终于未能认出你道别时的模样。

二〇〇九年五月八日梵蒂冈至五月十二日佩鲁贾

佛罗伦萨

在但丁之国远离但丁,佛罗伦萨最远。
繁花吃掉了圣母,广场上百鬼夜行。
俾德丽采不是唐婉,不知道沈园——

我们也来说一声莫莫莫(AmoAmoAmo)
我爱我爱我爱。百鬼夜行,汇聚于亚平宁
的地狱。但丁敛翼,捂住肺腑:一块翡翠。

他宴请我在维奇奥桥阳光下吃雨,
用他五脏典当所得。那旋转寰宇的热和冷
仅售四欧罗。千层面仅有九层。

俾德丽采也不知道我,秘密为她多写一行。

天堂就是错错错(CiaoCiaoCiao),

翻译过来就是你好,再见,再见。

二○○九年五月十六日佛罗伦萨至波隆那火车上

威尼斯

这欧洲的客厅,客人早已太多。
海鸥诅咒、教堂打花伞在海面散步,
商人们仍要放高利,如今赌的不只是心。

我有自创的十四行体,圣马可之麻布。
疼痛地卧进勃朗峰的乳沟、伦巴第
的腹地、异母的错位子宫。

牡蛎壳堆积、刮伤我不肯说拉丁文的血管，

其上是一座桥逃离着另一座，

足足四〇九座：所有的遗忘足以淹没

威尼斯。我是最短的福音，叹息一声。

二〇〇九年五月十九日凌晨威尼斯至
巴黎夜车

奇娅拉
——给CHIARA

"十一月四日"广场,阴影属于基里柯,
失忆症属于马可波罗。鸽子属于上帝,
我属于奇娅拉:无云而颤动的天穹。

奇娅拉是方块字的奇娅拉,
她记得,我姓氏中的十四个笔画
翩翩斜下左右,远胜拱扶垛。

我感谢我是CINESE;匈奴色。
看不见的佩鲁贾属于大梦的可汗,
悲伤属于马背上的琴格,喷泉属于百合,

我属于奇娅拉:风蹁跹于细瓦。

二〇〇九年五月二十六日意大利佩鲁贾

石头城里听《石头记》

> 深院内旧梦复浮沉
> ——达明一派《石头记》

这些小石头神仙也波动、挪移

从我口中唱的,它们都记住。

光熠熠世界也堆雪成灰,灰中懵懂

裴路迦是雕版金陵,金陵

是黑浪渺渺拓印石头城。

我在石头里述梦,我是石头梦中青鱼,

一轮下弦月升起在我水底的村庄——
借镜身、鳝男子、莲花心。

谁嚼艳黄的莲子壳、连丝苦梗?
小沙弥名叫呼咪者,夜夜在我醒来前

敲门化缘:石头神、石头神、睡小云,
奏孤单钟当当,饮芭蕉露茫茫。

二〇〇九年八月二十二日裴路迦(佩鲁贾)至波隆那火车上

但丁墓前

浓荫下没有地狱,天堂

也像松针尖上的泡影。

一个蓝裙子中年管理员弯身

是你的全部:俾德丽采或背脸的神。

我们理所当然饰演鬼魅一角、
你镜中残余,汲汲于烈日中喜剧,
在自己的呼息中一吹而散
如西罗马废帝,梦见马赛克中流水、

铄金。字被编进黛色的山冈、
银色的星辰、黄金小花茎,
血不成墨,你有一块凝聚石纹的写板
也凝聚了橄榄树梢的晨霜。

它承受了左手的左,承不住右手的右:
一支笔在云上阶梯假装歇息
笔杆的羽毛来自不存在的天使
存在的她摸摸蓝裙子上绽露的线头

一小片夜色安慰着她全部的炼狱。

     二〇〇九年八月二十一日拉文纳但丁墓,
       八月二十二日作于费拉拉失眠之晨

费拉拉
——寻安东尼奥尼不遇

有了波河平原的芥末雾

就有了费拉拉盐渍的石头夜路

有了人在石头海里开门关门

有了你最后在赤裸沙漠里的不言语。

现实如猫,在不现实的死者之间兜圈子

我们不再在中国寻找中国

你也不再在夜中寻找夜

不在腐蚀中寻找这个世界的富尔马林液。

而我们竟不再在爱中寻找恋人

不在恋人中寻找哭笑、台词

石头浪拍打干燥的空气,钻石宫的尖防垛

模仿钻石,我们不溺于威尼斯,溺于费拉拉。

你是墓地里的不失者,也许在草丛中

烧火夜猎。每一个死者都有一条蜥蜴

尾巴扫去面孔。每一条蜥蜴

都有一个死者,唯我独无。

无城中狂欢节的彩衣魔笛手

无我们满世界的浪荡儿

无人在石头海里开门关门

无你驾灵车带我往雾中、辣出闪电来。

二〇〇九年八月二十三日费拉拉墓地里寻安东尼奥尼墓不获

八月二十六日侵晨作

拿波里黑童话

泥雨连夕,拿波里的一只黑犬
彳亍在托勒多大街,
脸上戴着出土面具、非哭非笑。
它时而走上人行道,
最终还是回到车道的边缘
纸皮、烟头和塑料袋的堆积处,
在那里碎步、龇牙、如雷殷殷。

泥雨连夕,拿波里的一个老妇
在圣塞维罗教堂里转圈。
她时而抬头,用邪眼打量
游客的镜头,时而默默诅咒,
最终她还是隐身在名为"谦卑"的女像
尖翘乳房的阴影下,
在那里碎步、龇牙、如雷殷殷。

泥雨连夕,拿波里的一个教父
已经退休,三间比萨店
是他的所有,他的刀疤在鼻梁上,
刺青在干洗店,一个肝留在

巴勒莫的黑医院。晚上他化身蚊子
在邻居的旅馆流连，亲吻着青年的大腿
在那里碎步、龇牙、如雷殷殷。

泥雨连夕，拿波里的一个旅馆
漂流了三天，是谁按下这冲水阀？
是谁站在但丁广场的柱头
不断把闪电拧灭拧亮？
拿波里卡在地狱的排水口，被黑暗
罗勒所缠，在一刹那他身披睡衣
冒充但丁，把庞贝描述为天堂篇，
然后在那里碎步、龇牙、如雷殷殷。

二〇〇九年九月十五日晨拿波里

巴塞罗那变形记

在乔治·奥威尔荡气回肠的《向加泰罗尼亚致敬》一书的开头，他写道："我参军前一天，在巴塞罗那的列宁军营里，我看到一个意大利民兵……"列宁军营，这个词的出现突兀而巧妙，我读之会心一笑，因为去年我在巴塞罗那遭遇的第一个词，也是列宁。

飞机从米兰旁边的贝伽莫出发，绕过安第斯山脉沿着地中海的西北角转弯，夕阳迎面，第一眼看见的西班牙地貌是绵绵清远的，又似比意大利更雄壮。从吉罗讷机场坐车去到巴塞罗那北站，再背着大包走到预定的Hostal Plaza所在地址，竟然是一栋废楼，我俩正恍惚之际，耳边传来西班牙语发音的一个中国人名字，原来是在叫我们——一个帅气的西班牙少年二话不说把我们拉上一辆出租车，把我们劫持到了列宁旅馆！

Hostal Plaza是列宁旅馆的钓鱼网站？我一度怀疑，但看见那极其"早古"的大门旁边写着Hostal Lenin，我不禁笑而释然，好吧，我承认我有十月革命情意结。正如奥威尔的列宁营，这里呆的也是杂牌军，接待处的老小伙子粗壮而神气，应该是个加泰罗尼亚人，用不算蹩脚的英语向我们解释了这次绑架行动，安排我们入住楼梯旁的房间，木头窗

户开向幽深的大门天井,床头是一幅东正教小圣像,我们几乎马上爱上了这里。

在列宁旅馆

你不是冬妮娅,我也不是阿廖沙
但昨夜,国际纵队狂欢如革命之夜
只有那中国同志醒来,为这晨光一哭

加泰罗尼亚的晨光
六只鸽子死在六条廉价航线上
加泰罗尼亚的晨光
海边的亚洲姑娘仍在叫卖苦味的海洋

我在列宁旅馆,梦见了阿拉木图
无人雪橇在漫长雪线上流亡
我梦见了沃罗涅日,蜡烛仍在风中摇晃
北京的晨光,撞向了爱之行刑队的长枪

在列宁旅馆,我出租着我二十岁的心
给胡安或让娜,阿廖沙或冬妮娅
给每一片尖声吹口哨的橄榄树叶

给木楼梯上黑皮靴喀嗒的黑夜!

那采摘罂粟的手,也采摘了拭血的云
那挥舞黑旗的手,也驱驶了白色的灵车
当安那其们都醉在列宁旅馆
列宁一人在晨光中打扫这苦味的海洋

加泰罗尼亚的晨光
六只鸽子的尸体好像六段新芒
加泰罗尼亚的晨光
海边的亚洲姑娘仍在叫卖她苦味的乳房

这是我最后一天从列宁旅馆醒来的时候写的诗《列宁旅馆歌谣》,这之前的几个晚上,我们偷偷探索了列宁旅馆的每个角落,发现了它无处不在的木头小猪和俄罗斯列宾画院风格的少女肖像;在它后院露台上数着那些八角形的老玻璃窗喝啤酒;当然还有那些旧得不能再旧的家具和再也没有人读的俄文书……我突发奇想,这里是不是一九三〇年代那些占领巴塞罗那的共和国战士们的后裔所建?他们曾经相信列宁和国际纵队会改变其时腐朽不公的西班牙。

上网查找列宁旅馆,看到它在另一个世界里的镜像:"我在苏克海雅斯基大街附近一家叫做'列宁旅馆'的地方住下。那幢老楼有着沉重巨大的木门和亢啷作响的电梯，在俄国大革命前，这里曾是有钱人家的高档公寓；大革命时期，这些人作鸟兽状四散而去，空荡荡的大房子里满地都是来不及带着走的信笺、书籍和关于过去生活的印记。"那是在莫斯科，另一个让人缅怀虚构的革命情怀的地方。

岁月恍惚，我在很苏维埃风格的白棉布大沙发中抬起头，只裹着一条大浴巾的法国女孩蹬蹬跑过，长走廊尽头是酒杯相碰和电子乐，提醒我这里是巴塞罗那，一个更相信安那其的狂欢，而不是列宁的冷峻的城市。列宁和革命，只不过是它在二十世纪一系列摩登变形的一环。

走出列宁旅馆，向左向右，都是迷梦般变形建筑：左边是巴特罗之家（Casa Batllo），右边是米拉之家（Casa Milá），作者都是同一个：安东尼奥·高迪（Antonio Gaudi）。高迪是人类在建筑上幻想的极致——二十年前还是中学生的我就这样想，并且发誓长大后一定到巴塞罗那朝圣去！现在高迪的艺术品就近在咫尺，奇丽如深海老贝、长满了珍宝的残骸，我却失语近乎墨鱼睁目结舌。更何况关于高迪的描述和抒情汗牛充栋，我又夫复何言呢？文字的华丽衬不住这些比洛可可还洛可可的细节，而关键的是它们并不是人力能为的洛可可，而是生长的自然本身，自然，自然即奇迹。

但是我还是想记下几个我所窥见的瞬间，它们记下了巴塞罗那的变幻。阴霾的浓云下，米拉之家的烟囱骑士们仿佛卷紧了御寒毛毯的凉山彝人，这又让我想起了奥威尔孤绝困守于阿拉贡高地上的战士，"我们阵地上的大约一百人，总共只有十二件厚外套，这些外套必须在岗位上相互传递，大多数人只有一条毯子。"云影仿佛佛朗哥的炮弹不断落在他们身上，但转瞬间阳光乍现，原本灰沉的盔甲突然闪现虹彩——但是旋归昏暗，正如奥威尔的同代人夸西莫多所写：

每个人
孤单地偎依着大地的心
裸露于一线阳光
瞬息间是夜晚

而在巴特罗之家的电梯间，我们如水底游鱼，让光穿透厚薄不一的大琉璃带领我们上升；又如鲸鱼肚子里的乔纳或皮诺曹，点烛，生活于一个神兽的内部——那旋转的天花板岂不是它的肚脐眼？甚至这是一朵浪花的内部，我们可以看到水滴的背面。我在巴特罗之家的留言本写下了一个朋友的俳句：

海进城，一浪一浪，进得慢

高迪的想象就如恣意的大海涌进开放的巴塞罗那城，巴特罗之家是前端的浪头，米拉之家是安静下来的潮汐，海带轻摇，古尔公园（Park Güell）是弥漫的一片漩涡，圣家族大教堂则是海面上陡然耸

起的龙卷风！

在古尔公园，那条著名的变色龙正是象征物中的象征物，象征了巴塞罗那的变形，蜿蜒流动于众多色彩之中，历史上罗马人、哥特人、摩尔人、法国人、阿拉贡人都统治过巴塞罗那，后来又经历过保皇党、左翼政府、无政府主义者、佛朗哥等，巴塞罗那似乎都能严守自身的加泰罗尼亚气质：有点疯狂、有点怪诞、有点严肃、又有点唯美，就像我们在加泰罗尼亚博物馆看到的圣迹画一样，充满了血腥和暴力之美，又消弭在尘世生活本身的韵律之中。

这种矛盾气质也见于高迪身上，古尔公园中有高迪故居，他的床是最令人惊讶的展品：极其朴素简单，仅能容一人躺卧——然而这一张窄床上却有人做了弥天大梦：他梦见了圣家族大教堂的繁花盛蕊种种！关于高迪圣徒般的晚年（实际上他死后也获得了教会封圣）有许多传说：吃住在大教堂工地；遇车祸时衣衫褴褛所以没人救治；被送往贫民医院后来却不肯迁出，说我要和穷人在一起……不知是否可信，却折射了一般人对一个天才的期许：天才是要有曲折逸闻的。但我更相信高迪和塞尚一样是个刻苦的艺匠而非宗教狂人，否则他无法承受重现一场大梦的耐心和压力。

所以我相信圣家族大教堂东立面耶稣诞生图这组巨大的浮雕中，其中一个不起眼的角落里的一个匠人就是高迪自己的写照，这是一个沉静少年,眉目低垂,左手紧执铁锥,右手举起了锤子,身前是坚固的车床,但他的头发在风中起伏,随时要融入肩上上百只腾飞于石柱之间的鸽子!这是沉重的梦,也是盛大的梦,最后这些人类的忧伤与热望、痛苦与脆弱、蛮横与夭折,统统在石头梦的漩涡中上升上升,甚至越过耶稣的受难与加冕,到达一棵静谧之树的树冠上。然后,众天使吹号了。

其余,关于圣家族大教堂这个也许是人要向神靠近的最伟大尝试,我无言。高迪之大海在此风云变幻,高峰突起,仿佛要把人世一切掏空送上天空中去,我也只是龙卷风中不能自持的一粒种子。

也许最终收纳这大海的,是巴塞罗那城一端的"海之圣母大教堂",这座护佑海员的老教堂,原来也许就靠着海边,就像它在东方的镜像"天后庙"一样。环柱丛丛,在高空结聚一个个华盖,却如它的灰墙一般谦卑、不摇晃,和高迪的生生不息相反,它们不生不灭;中心的圣母抱子像是明显的加泰罗尼亚风格——一个拙如村妇的圣母,褴褛而凝重,一如毕加索蓝色时期画作中那些穷人(高迪最终与之同归的穷人),小小地丁立在石头海的中央,却让人心安稳得像她怀中婴儿。我的爱人在她面前哭泣了,但没有告诉我是为什么……

巴塞罗那真正的海就在不远处,海岸线上一字排开,都是忧郁地眺望海洋的人:

他有个肥皂的舌头,
洗掉他的话又闭了口。

大陆平坦,大海起伏,
千百颗星星和他的船舶。

他见过教皇的回廊,
古巴姑娘的金黄的乳房。

他对着海凝望。

洛尔迦的《两个水手在岸上》我熟稔在胸,陪我沉吟着踱步在海边的黑沙上,地中海上日将沉,巴塞罗那到此应该不再变了吧?即使远处是一九九二年奥运会留下的后现代建筑和雕塑。迎面走来一东方女性,神秘地微笑着和海滩上的白人推销什么——

不安的少女,你卖的什么,
要把你的乳房耸起?

——先生,我卖的是
大海的水。

这是洛尔迦的《海水谣》。来自安达露西亚的长风猎猎,海滩上的男女跌撞如醉汉,夕光中、铁箱子塔(Homenatge a la Barceloneta)下面,沉默的一群黑人在踢球,明显他们不是皇家马德里的风格,有人从大海归来,捡到上世纪的一只酒瓶,有人抱着婴儿站在黑浪中,有人在玩耍他手上的玻璃球,像个魔术师,抛起又接住旋转那永远不会跌落的玻璃球……巴塞罗那也在此晚夏的微热中醉去了。夜迟迟不愿意降临,年青的涂鸦手在加泰罗尼亚博物馆的柱子上写下CATALONIA IS NOT SPAIN,那要等明天早起的我才能看见。

鞍囊里还有青果
——从哥尔多巴到塞维拉

还没有去哥尔多巴,二十年前我就对这座西班牙南部安达露西亚小城充满向往。中学时代的我,在一本戴望舒的译诗集里碰见这个洛尔迦的哥尔多巴城:

哥尔多巴城。
辽远又孤零。

黑小马,大月亮,
鞍囊里还有青果。
我再也到不了哥尔多巴,
尽管我认得路。

穿过平原,穿过风,
黑小马,红月亮。
死在盼望我
从哥尔多巴的塔上

……

这首貌似童谣的诗里却充满了荒凉又不祥的意象,却因此有了一种神秘的魅力——来自命运、死亡。最美丽的一句是:"黑小马,大月亮,鞍囊里还有青果。"二十年后我庆幸戴望舒把西文的Aceitunas翻译为"青果"而不是橄榄,除了因为在意象上它呼应了小马的黑色和月亮的红色——就像一幅米罗的画一般,还因为它改写了我对橄榄顽固的童年记忆。

从小爱吃橄榄——当然只有机会吃中国的那种:无论是腌制的咸中发甘的橄榄果,还是广东特有的"榄士",在物质贫乏的七十年代末均属佳品,尤其是后者,黑色的橄榄干被水一蒸,油光闪亮,放在浓稠的潮州式白粥上一对比,无论是颜色还是味道都特别开胃。八十年代,听到齐豫的《橄榄树》,看到三毛的西班牙流浪记,歌声与文字中出现的"橄榄",读者如我在脑海里出现的与之相配的意象都只能是童年的饥饿。

这种饥饿也是情感上的饥饿,齐豫和三毛的浪漫怎能和我面前的一枚橄榄联机?两个四海漂泊的女性形象怎能和一个粤西小镇少年无法餍足的想象力联机?所以日后洛尔迦的骑士一下子打动了我,令我绝望:"我再也到不了哥尔多巴,尽管我认得路。"直到九十年代在必胜客才遇见哥尔多巴/地中海的Aceitunas零星几粒镶嵌在毫不地道的比萨上,原来它真的是青色的,咀嚼间脆且软、微咸微酸,裹在芝士中与后者的肥腻对抗。

又直到今年去到意大利翁布里亚，吃到地道的意大利色拉——完全没有什么色拉酱千岛酱统一你的味蕾，有的只是纯粹的地中海橄榄油和小橄榄Olive在罗勒菜Basilico背后散发清幽。然后，我们从翁布里亚启程，到米兰转机到巴塞隆那坐小飞机，到格林纳达，最后坐四五个小时的汽车去到"辽远又孤零"的哥尔多巴城！

在安达露西亚平原昏昏欲睡的午后，摇摇晃晃的汽车上，我写了一首《安达露西亚路上谣》，开头就是："从格林纳达到哥尔多巴／四亿株橄榄树伫立这旷野／四亿朵郁卒的云！"因为举目所及，漫山遍野都是橄榄树、橄榄树，就像一场大梦，绿树和黄土间错有致如棋盘，平原低坡缓缓升降，风也缓缓吹过，安达露西亚白亮的阳光在碎叶间颤抖。过了瓜达基维河，原来哥尔多巴已经是一个时尚大城，商业街上空横拉着布幅为下面来往的衣香鬓影降温，入夜后广场和街角都站满了把酒闲谈的男女，辽远又孤零的只是瓜达基维河对岸的塔楼，以及我的少年梦。

犹幸哥尔多巴密密麻麻的白房子街区包围中，大清真寺Mezquita肃静依旧。多兴奋的游客走进它那千根石柱组成的森林里都会噤声，如抬头环视那一个接一个跨向无限的红白相间马蹄拱，那就只有叹息——叹息美是如此超越尘寰的想象。从Mezquita出来，人是无法接受现实的，因为完美秩序带来的神秘让人眩晕。我们觅得一家小酒吧落座，又点了一份Tapas套餐。Tapas就是安达露西亚的特色，可以叫点心，也可以说是下酒菜，因为它源自把一片面包或肉盖在雪莉酒上，以防户外用餐时甜酒味招来的苍蝇。Tapas，本来自西语的"盖子"。现在Tapas已经成为游客，也是我们在西班牙一路上的主食，它花样繁多，有的酒吧在门口竖牌炫耀自己拥有的一百种搭配。但我最喜欢的只是其中最朴素的一种小菜：来自Andujar的橄榄用大蒜、牛至、胡椒和醋混合浸泡而成，Aceitunas夹在被我们戏称为西班牙花卷的白面包里吃，味道被中和，食时五味杂混，食罢嘴中仅余清香。

橄榄之于西班牙人，犹像槟榔之于台湾人一样吧，所以洛尔迦的骑士，他的鞍囊里一定要带上"青果"（Aceitunas），就像台南的司机在驾驶座旁放一包槟榔，它不断提醒骑士路途的消耗，鞍囊里的青果吃完时，也就是哥尔多巴城楼上的死神看见你的时分。我路过了哥尔多巴，解鞍少驻初程，第三天就坐火车去了弗拉明戈舞之乡塞维拉，在那里我写了一首《依莎贝舞弗拉明戈行》，中间有句：

他的吉他吃了一枚青果
他的右手连拨着我的琵琶

写的是伊莎贝的吉他手Mariano Campall的琴声如诉，如不是经年常唊青橄榄之味的男人，是弹不出这如许低回苦涩的旋律的，个中滋味，也许只有洛尔伽那位骑着消瘦黑马怅望红月、伸手在囊中摸索最后一枚青果的骑士知道。九月七日夜于塞维拉观Isabel Lopez跳弗拉明戈舞，觉得她有公孙大娘舞剑器之势，歌者Jesu Corbach的唱腔竟也令我想起西北秦腔，然低回处过之。于是在这诗中我同时幻想了一个唐朝青年与一个安达露西亚骑士的冒险。冒险就是弗拉明戈舞，也是安达露西亚精神的特征。

"塞维拉，一座/潜伏着悠扬节奏的城/并使这些节奏/盘旋成迷宫/宛似燃烧的葡萄藤。"洛尔迦这样写道。在塞维拉，找葡萄藤般的小路到大教堂，大教堂顺理成章就是一大串葡萄，充满了细节和丰满多汁的故事。这又是一个被层层篡建的历史见证，关于它怎样从清真寺、宣礼塔演变成今天的大教堂和吉拉若达钟楼，张承志的《鲜花的废墟》已经讲了很多。教堂内部的纵横石纹令我们想到一个巨大的冰皮月饼——这可爱的想象多少冲淡了历史的重压，即使我们看见王子雕像的长矛下，穿刺着一枚石榴——石榴曾经是摩尔人的安达露西亚的象征，我们也只是为这意象的赤裸裸而失笑。

吉拉若达钟楼非常娟秀挺拔，也早已成为塞维拉的地标，洛尔迦索性说："塞维拉是一座塔楼/布满细心的弓箭手"，被射中的恐怕就是迷恋上塞维拉的弗拉明戈舞者的孤独骑手，死亡也就成为冒险的必然代价，从而变得光荣和迷人。塞维拉人绝对懂得这点，在大教堂里陈列的基督头像、受难像等夸耀着血腥的暴力美学，同时这里也是斗牛之都，

大教堂不远处就是古老的斗牛场和斗牛博物馆，无遮无拦的白炽阳光中，镶着鲜黄边的白建筑似乎压抑着一声凄厉的叫喊——午后，四周一片死寂，我仿佛听到公牛剧烈的心脏在我胸中跳动。

能够中和塞维拉的暴烈的，只有它残余的阿拉伯色彩。这样的超然的阿拉伯抒情诗，平行于那样强烈的西班牙悲剧，两者的美，均不由得你选择，因为这就是安达露西亚矛盾的魅力所源来，正如洛尔迦所说："安达露西亚的心灵/在寻找昔日的针芒。"

安达露西亚谣曲集（五首）

格林纳达小夜曲

格林纳达，格林纳达
谁是夜半对歌者？

费德里卡与索丽妲，海兔子与夜莺
酒醉的格林纳达说

我看见橘子与阴影组成旗的三色
我看见月亮与城垛组成死的翅膀
酒醉的格林纳达说

深歌的人在小酒馆的花槽
埋下三把匕首
深歌的人在阿罕巴拉的喷泉
放生了星星的鲤鱼

格林纳达,格林纳达

谁是她深歌中注定别离的人?

吉诃德与桑丘,橘子与疯牛

十四岁的格林纳达,跳着最痛的舞

二〇〇九年九月四日晨格林纳达

安达露西亚路上谣

从格林纳达到哥尔多巴
四亿株橄榄树伫立这旷野
四亿朵郁卒的云!

四个摩尔人饮马,被剑麻所伤
四个马首骷髅,是四个方向

我的剑佩夹杂着别扭
我的桑丘搂着邪眼的女奴

一首砚秋深歌,叫做荒山泪
一滴就动荡,安达露西亚如静海

一城接一城的白啊
一城接一城,大梦升降,木屋悄悄开花了

二〇〇九年九月四日从格林纳达到哥尔多巴路上

阿兰布拉宫绝句

一册色盲图中，我做着斑马梦
梦见我溜达在巴依老爷的梦中

阿凡提在我的鬃毛上编织遗忘的算式
我轻声告诉他宇宙将废，如阿兰布拉宫

二〇〇九年九月二日至五日格林纳达－哥尔多巴

哥尔多巴城

哥尔多巴城
大海漂着风信鸡

一只风信鸡
飘在荒凉星的大海上

它被太空的黑风
吹得东摇西碰

瓜尔基维河的恋人们
亲吻它如一个小伤心

瓜尔基维河的畸人们
安慰它如一段未了缘

我在瓜尔基维河岸边
数点着声音仅余的零钱

一只风信鸡
飘在汉语的沉默上

哥尔多巴城

乘除又加减

二〇〇九年九月五日于哥尔多巴

依莎贝舞弗拉明戈行

塞维拉一夜,你危险地孑立
我的长安和他的瓜达基维河岸

你不知危险,策马犹低接扇
你不知危险,脱衣犹临碎镜

那汉子空中摩掌,要把我拉回
烈酒洒过的斗牛场,用哑嗓的鞭

另一个汉子奏乐,六柄尖刀轮流
探索我腰间哀鸣的河流

我听到你这死亡的马蹄踏踏
洛尔卡跑过的世上最好的路程

他的吉他吃了一枚青果
他的右手连拨着我的琵琶

塞维拉一夜,你危险地喘息
惊起我四蹄下一百只白鸟

它们盘旋在瓜达基维河岸

我如猎手,被爱情的影子所伤

我的安达路西亚如长安西行路

被祁连山的影子所伤

你这炽热的马蹄踏踏

跑过我深幽厉寒的河流

二〇〇九年九月七日夜于塞维拉观Isabel Lopez跳弗拉明戈舞,
九月十日诗成于佩鲁贾。

跋
影的告别

"在支离的树影上,我看见一个少年的影子前行。他的两肩宽阔,腰板坚直,像穿了宇宙船驾驶员的制服,遨游于一九九一年,不知道宇宙将凝结为一浑浊磨花的玻璃球、众星压叠如湿重的枯叶。

"他摆动双臂仿佛有阿童木的猛力,把十多年的淤泥哗啦啦拨开,如剑鱼劈开血海,他劈开一九九三年的囚狱、一九九七年的流放、一九九九年的疯癫、二〇〇三年的窒息、二〇〇五年的二〇〇八年的二〇一〇年的死亡。他一握若脆的手腕,竟绑了一艘油轮的驽重。

"树影划过那些轧轧作响的骨骼,黑暗为我们身边一切蒙上一张巨大的驴皮,冰凉且腥。我们在全然看不见对方的时候握手道别,我为他点了一根烟,顺势把他背上全部的负荷挟为己有。在如银河一样熄灭的火雨之路上,他有他的、我有我的一叶舟。"

我和一个骑着马骸的孩子说了这个寓言,他并不认为这是个寓言,踢着我的头骨,他又邀四周的小鸮们开始了新的游戏。

二〇一〇年四月十四日